गंदी बात

प्यार में कभी कुछ
गंदा नहीं होता

क्षितिज रॉय

गंदी बात

प्यार में कभी कुछ
गंदा नहीं होता

फंडा
unda
राधाकृष्ण का उपक्रम

ISBN : 978-81-8361-833-5

मूल्य : ₹ 125

पहला संस्करण : 2017
दूसरा संस्करण : 2018

राधाकृष्ण का उपक्रम

प्रकाशक
राधाकृष्ण प्रकाशन प्राइवेट लिमिटेड
7/31, अंसारी मार्ग, दरियागंज, नई दिल्ली-110 002

शाखाएँ : अशोक राजपथ, साइंस कॉलेज के सामने, पटना-800 006
पहली मंजिल, दरबारी बिल्डिंग, महात्मा गांधी मार्ग, इलाहाबाद-211 001
36 ए, शेक्सपियर सरणी, कोलकाता-700 017

वेबसाइट : www.rajkamalprakashan.com
ई-मेल : info@rajkamalprakashan.com

मुद्रक : यश प्रिंटोग्राफिक्स
नोएडा-201 301 (उत्तर प्रदेश)

चित्रांकन : विक्रम नायक

GANDI BAAT
by Kshitiz Roy

नाना जी श्री उपेंद्र मिश्र
के लिए

इक मवाली-सी रात

दिल्ली; दिसंबर, 2013

हमको मालूम था, हम पत्थर से बात कर रहे थे। सड़क पर भगोड़े जब भाग रहे होते हैं तो गालियों का उनपे कोई असर नहीं होता! लेकिन उस रात आनंद विहार टर्मिनल की तरफ गाड़ी भगाते-भगाते हम खुद को हद मजबूर महसूस कर रहे थे। और इनसान जब मजबूर होता है तो बस गालियाँ दे सकता है। सच बताएँ, एक टाइम के बाद सब फ्री फ्लो जैसा हो गया था। हम गाड़ी भगाए जा रहे थे। गाली और ज्ञान जैसा कुछ-कुछ बके जा रहे थे—लेकिन क्या कहें कि उस रात जिस आदमी को बिठाकर हम स्टेशन की तरफ भाग रहे थे, वो कभी समझ नहीं आया। हम पागल देखे हैं, आवारा-लफुआ देखे हैं,

मूरख-देहाती-गँवार देखे हैं, कमीना देखे हैं, वो इन सब से परे था। ऊ एकदम से आशिक था!

आदमी का जब एक्सपायरी डेट आ जाता है न, तो ऊ ज्ञान देने लगता है—देस, समाज, प्यार-मोहब्बत, दुनिया जहान के बारे में। जब जीने का मन नहीं करे तो जिंदा रहने के लिए ज्ञानी होने का वहम पालना होता है। हम उसी वहम को पाले हुए थे। हर दूसरी लाल बत्ती पर उस लड़के पर गुस्सा आने लगता था। और हम शुरू हो जा रहे थे!

'सब पता है हमको तुमरे बारे में—तुमरी रग-रग समझते हैं हम! ऐयाश साला! तुमरे लिए जिनगी ऐयाशी है बस! केतना बोले थे रे तुमको हम, कुछ कर लो, इनसान बन लो, लेकिन तुमको बस शार्टकट दिखा। का बेटा गोल्डन, बर्बाद होके कैसा लग रहा है?' हम कहते रहे! वो पीछे बैठा मुस्कुराता रहा।

'इधरे कहीं उतार दो हमको तुम! फालतू उधर जाके रिक्स मत लो तुम!' उसकी ठंडी-सी आवाज आई। ऑटो रुक गया।

सुनसान लैंपपोस्ट के नीचे हमने बीड़ी जलाई।

'आगे का कुछ सोचे हो?' ऐसे तो हम बहुत कड़क आदमी हैं लेकिन उस वक्त पता नहीं कैसे गले में गुबार जैसा ठहर गया था।

'सोचना का है? मगध मिल जाएगी, नहीं तो कोई भी गाड़ी धर लेंगे! सुबह पटना फिर देखा जाएगा,' उसने कहा।

हम चुप थे। कहने-सुनने के लिए कुछ था भी नहीं।

'एगो बात पता है तुमको, हमको ई दुनिया का कुछ भी समझ में नहीं आता, खाली प्यार समझ में आता है।' बंबइया हीरो का जना फिर से आउट ऑफ सिलेबस हुआ जा रहा था।

'सब पता है हमको, तुम पागल है!' हमको हँसी आ गई।

बीड़ी जल-जल के बुझनेवाली थी। हमको बहुत मन था कि ये वाली बुझे नहीं। कुछ बचा हुआ था, जो जानना था।

'निकलिए आप भिया, बहुत टाइम हो गया है। टेम लग जाएगा डेरा पहुँचते-पहुँचते!' गोल्डन जाने लगा था।

ई सब काम अक्सर हम करते नहीं हैं लेकिन पता नहीं क्यूँ उस वक्त छोटा भाई जैसा दिख रहा था ऊ हमको। टाइम कम था और जज्बात ज्यादा तो बस हौले से गले मिल लिये हम। वो आगे-आगे चलने लगा, हम भी साथ हो लिए!

'काहे किए बे ऐसा तुम?' हम पूछते-पूछते रह गए थे।

फिर धीरे-धीरे हम रुकने लगे, वो बढ़ता चला गया था।

चौबीस साल का ई जवान लड़का, जो अभी हमारी आँखों के सामने बेखौफ, बेतकल्लुफ कदमों से ओझल हुआ जा रहा था, जिसकी आँखों में उस वक्त ढूँढ़ें से भी कुछ नहीं मिल रहा था—न हया, न शरम, न आँसू, न गम, न अँधेरा, न चमक—कुछ भी नहीं; जिसकी कहानी हम चाहकर भी जान नहीं पाए; जिसको बस कुछ महीनों पहले जाना, और जाना भी ऐसे कि बिना कहे दोस्ती कर ली। वो लड़का एक भगोड़े की शक्ल में रातवाली ट्रेन की तलाश में इस शहर को अलविदा कह रहा था। हम खड़े रहे...और वो...वो अँधेरा हो गया...

हर कहानी एक अँधेरे से निकलती है और उसी में खो जाती है। सच्ची कहानी वह जो आसपास दिखने लगे। और ऐसी कहानी लिखी कम जाती है, सुनाई ज्यादा जाती है।

जाने मैं क्यों मिल गया उस रोज लखन को! क्यों सुनाई उस ऑटोवाले ने मुझे गोल्डन की यह कथा। चिट्ठियों का पुलिंदा उसके पास आखिर आया कैसे? मुझे तो अभी तक लग रहा है कि लखन ने ही सब खुद लिखा हो। अगर उसने खुद लिखी हैं गोल्डन और डेजी दोनों की चिट्ठियाँ तो लखन ऑटोवाला किस्सागो है।

जाने दीजिए, जो मुझे जैसे मिला, वह वैसे पढ़िए। लोक में किस्सा सुना जाता है। किसने किससे कहा, नहीं पूछा जाता।

तेरा जाना

पटना; जुलाई, 2013

डेजी डियर,

बाई गॉड जी से बोल रहे हैं सवा दो गर्लफ्रेंड और साढ़े तीन साल इश्क में प्रचंड लफंदरी करने के बाद आज पहली बार हमको रिअलाइज हुआ है कि अभी तक इस फील्ड में हम दूध-भात वाले लेबल पे थे। लभ तो बहुत किए, लेकिन लभ में डेरिंग किसको बोलते हैं, ये जाते-जाते तूने सिखाया।

मालूम तो हमको पहले से ही था कि तेरी पब्लिक स्कूलवाली अंगरेजी गिटपिट के पीछे कोई बेहद बुंबाट देसी आग का शोला है लेकिन माँ कसम, आज राजधानी एक्सप्रेस के फर्स्ट क्लास डिब्बे के फर्स्ट क्लास टॉयलेट में एक हाथ से दरवाजे को भिड़काए हुए और दूसरे हाथ से हमको भीतर धकियाते हुए, तेरे फर्स्ट क्लास चुम्मे ने एक बात कंफर्म कर दी है—इश्क

खूबसूरत हो जाए तो हिट होता है, और दबंग हो जाए तो सुपरहिट! मेरी लेडी दबंग, मेरी सलमान खान—तू चली गई, तेरा चुम्मा रह गया—तेरा होठकटवा चुम्मा! डेजी, जब-जब तू सेंटी हुई है न, तब-तब खून निकला है—कभी मेरा तो कभी तेरा! ये तेरा इश्क एक दिन हस्पताल पहुँचाएगा। लेकिन कोई टेंशन नहीं, क्योंकि हिंदी फिल्में हमें सिखाती हैं कि हिंदुस्तान में हर इश्क एक दिन हस्पताल जाकर ही मुकम्मल होता है।

आज तू चली गई लेकिन फिर भी सवाल उठके खड़ा तो जरूर होता है कि क्यूँ, डेजी मेरी जान, क्यूँ तुझे अच्छे-भले रोमांटिक पलों में भी हमेशा पाव-भर एक्शन चाहिए होता है? एक परपोजल, करीब दस डेट और आज इस सेंटी टा टा-बाय-बाय मोमेंट में—इतने रोमांटिक-से लम्हों में भी बेबी अक्सर तेरा आशिक मौत से हाय-हेल्लो कर लौटा है। याद है, तुमको परपोज किए हुए अभी जुम्मा-जुम्मा पाँच मिनट हुए थे कि वहाँ हार्डिंग पार्क में तेरा डॉन बास्को वाला एक्स दो जीप लौंडों के साथ कैसे मुझे कूटने पहुँचा था। वो तो तुम्हारी स्कूटी थी कि सिर्फ तीन गो टाँका लगा था हमको! नहीं तो तेरे इश्क में घायल हुआ वो प्रणव मिश्रा मेरा कितना खून बहाता, उफ्फ! तेरे साथ बीता हर डेट अच्छी तरह याद है। बेबी, क्या बताऊँ तुझे—दो दिन पहले से कपड़े धो-धा के, इस्त्री मरवा के, अकरम के सैलून में साढ़े तीन सौ की शहनाज फेस ब्लीच करवा मैं इठलाया हुआ रहता था कि मेरी मारधाड़ और एक्शन से भरपूर जिंदगी के कैलेंडर में गीत-संगीत और रोमांस से भरपूर एक डेट तो आएगी, लेकिन नहीं...। वीणा सिनेमा, हड़ताली चौक, दरभंगा हाउस—इन सारी ऐतिहासिक जगहों पर तेरे इश्क और तेरी सोहबत में हुए खून-खराबों, फटी कमीजों और धूल में मिली ब्लीचिंग के सिलसिलों के बाद मैं बहुत शिद्दत से इस बात को मानता हूँ कि छोटे शहरों का कस्बाई प्यार बुनियादी तौर पे हिंसक ही होता है। हिंसा ही वो बुनियाद है जिसपे कस्बाई प्यार पनपते हैं। जिस किसी महानुभाव को ऐसा लगता है कि कस्बों का रोमांस छुपमछुपाई करते हुए की गई दिल्लगी है—या तो उन्हें कस्बा समझ नहीं आता या फिर इश्क या फिर दोनों। वो न कस्बे को जीते होंगे, न इश्क को। ऐसे लोग आखिर कस्बों और इश्क की कहानियाँ क्यों लिखते हैं! उनको तो खैर छोड़ ही दो। तुम और हम तो इन दोनों को समझते हैं न, डेजी?

बचपन से फिलिम सबमें देखता था कि जब हीरो की दिलरुबा दिल्ली, बंबई या फिर अमरीका जाती थी तो वो प्लेटफार्म पर खड़ा पाया जाता था, एक बेहद सेंटी-सा म्यूजिक बजता था और हीरोइन कभी अपना दुपट्टा तो कभी कुछ उसकी ओर लहरा देती थी। लहराता हुआ दुपट्टा और चुम्मा

बॉलीवुड का ऑफिसियल बाय-बाय है। लेकिन आज तो तुम गई तो लगा कि ऐसी फिलिम लिखनेवाले लोग अक्सर महाफ्रस्टू किस्म की प्रजाति से होंगे जिन्हें इश्क के प्रैक्टिकल साइड का कोई विशेष फर्स्ट हैंड एक्सपीरियंस नहीं होता है। काश, उन्होंने अपने-अपने कस्बों में एक बार इश्क करने की डेरिंग की होती तो मालूम पड़ता कि आवारा आशिकों की जुदाइयों में न लहराते हुए दुपट्टे होते हैं और न ही उड़ते हुए चुम्मे। इन जुदाइयों में होता है पसीने की गंध में सना रेलवे इस्टेशन, जहाँ होता है इंजिनों का शोर, कुलियों की चीखें और एक बदहवास भीड़ जो इन जुदाइयों का मूक गवाह होके भी अनजान बनी रहती है। इन जुदाइयों में होती है इक अल्हड़-सी लड़की जो पहले अपने मम्मी-पापा की लाडली होती है और बाद में अपने आशिक की डार्लिंग; जिसकी आँखों में होता है ढेर सारा पानी—थोड़ा-सा अपनी माँ के लिए, थोड़ा-सा पप्पा जी के लिए, थोड़ा-सा अपने बिट्टू के लिए और बाकी बचा सारा अपने आशिक के लिए; इन जुदाइयों में एक परेशान पिता होता है जो पहली बार इतनी दूर अकेले जर्नी करती अपनी बेटी को दे रहा होता है ढेर सारी हिदायतें और होती है इक माँ जो कमजोर पति की हिदायतें और डिब्बे के शोर के बीच में कह देती है अपनी बेटी से सब कुछ जो उसे कहना होता है—सिर्फ अपनी आँखों के बहते लोरों से। और तब इन सबके बीच में होता है लड़का—मेरी तरह—जो अक्सर कस्बे के लिए आवारा या लफुआ होता है। अपनी माँ के लिए प्यारा सा नालायक और आखिर में अपनी डार्लिंग का सोना जो शायद ही कभी उसे सामने के दरवाजे पे खड़ा उसे दुपट्टा उड़ाते हुए देख पाता है। और तब जब उसकी डार्लिंग तुम्हारे जैसी दबंग हो, तो कभी-कभी जैसाकि आज हुआ, वो मिला करता है फर्स्ट क्लास के टॉयलेट में छुपा हुआ, दूर से भीड़ को चीरते देखती हैं उसकी निगाहें—बेटी और बहन के बीच में फँसी हुई अपनी बेबी को, जो अपनी मम्मी को दसवीं बार समझा रही होती है कि गाड़ी गाजियाबाद पहुँचते ही वो टिंकू मामा को फोन करके बुला लेगी, जो अपने बिट्टू से जाते-जाते भी कह रही होती है कि वो उसके कमरे में रखे टेडी बियर को बिलकुल भी नहीं छेड़ेगा, जो इन सबके बीच रह-रह के देख रही होती है वहीं सामने, अपने आशिक को, चुटकी-भर नजर से भेज देती है वही पुराना 'सी यू इन फाइव मिनट' वाला संदेशा और पीली-सी इक स्माइली में लिपटी इंच भर मुस्कान!

फिर गाड़ी सरकती है...लड़की अकेली होती है...सामनेवाले अंकल की घूरती निगाहों को पलट के घूरती है और सरक आती है इस लड़के के पास जो अभी फिलहाल इस बात से बेहद परेशान है कि अगले हाल्ट पे राजधानी

रुकेगी भी या सीधे दिल्ली पहुँच के दम लेगी।

...फिर तुम सामने आती हो, चुपचाप से सामने खड़े होने, सेंटी होने के दौरान—बड़े दिनों के बाद हम शायद एक-दूसरे को देख रहे थे। मतलब...इतना सेंटी हम दोनों आखिरी बार कब हुए थे? तुमको पता है, हम घर से चले थे तो अम्मा और अकरम से प्रॉमिस किए थे कि लोर नहीं चुआएँगे तुमको टाटा करते समय। याद है, परसों शाम को तुमसे बेट लगाए थे कि जाते बखत एक बूँद नहीं गिरेगी आँख से! हम भी फुल डीटरमाइन थे कि नहीं रोना है। हम तुम्हारे पार ताक रहे हैं कहीं। हर टाइम बकर-बकर करनेवाली तुम उस टाइम चुपचाप हमको घूरती हो। एकदम अलग टाइप से। हम भक्क मार रह जाते हैं। हमको लगता है कि हमेशा की तरह तुम कोई जोक सुनाओगी या गाली दोगी कि साले बाल कब कटवाओगे। लेकिन तुम 360 डिग्री टर्न मारके लिपट जाती हो हमसे। और फिर हमेशा की तरह तुम ये बेट जीत जाती हो! मेरी आँखों से बस दो बूँदें निकल तुम्हारी लालवाली स्वेड शर्ट पर सूख जाती हैं।

और फिर गाड़ी सरकती रहती है और हमको चूमते रहते हैं, वो सबकुछ जो हम चूम सकते हैं। गेट पर अंकलजी नॉक करते रहते हैं, तुम एक हाथ से दरवाजा पकड़े हुए भी चूमती रहती हो। अंकलजी भी कम ढीठ नहीं हैं, सीन होता देख हर एक मिनट पर आते रहते हैं...जैसे बंद दरवाजे से ही सूँघ लेंगे हमारा इश्किया गंध। फिर तुम मुझे और अंदर धकियाती हो, उन्हें चीख के बताती हो कि सामनेवाला दरवाजा खुला है, और मैं मन-ही-मन गरियाता हूँ—उन हुक्मरानों को जिनकी बला से राजधानी एक्सप्रेस के इस दरवाजे की कुंडी गायब है।

हम चूमते रहते हैं—अपने ही आँसुओं को जैसे। गाड़ी धीमी-सी होती है। हाल्ट आनेवाला होता है। मैं तुममें खोया रहता हूँ, तुम किस देते-देते रुकती हो, मेरी आँखों में झाँकते हुए पूछती हो—'दिल्ली तक यही रहने का प्लान है क्या बे?' और मैं सब समझ जाता हूँ। हम गेट पे आते हैं। अंकल जी तुम्हें घूरते हैं, हम उन्हें वापस घूरते हैं, एक उजाड़ से गँवई प्लेटफार्म को चिढ़ाती हुई राजधानी सरकती हुई गुजर रही होती है और मैं...आँखों में तुमको लिए हनुमान जी का नाम लेके सरकती गाड़ी से जम्प मार देता हूँ। तुझसे दूर होने में भी एक्शन था! 'मरना है का हो'—कोई कह पड़ता है। 'मैं सुनता हूँ—उसे नहीं...तुमको...जिसने कहा था—'अबे आराम से?' और उसके बाद?

डेजी, तुम वहीं खड़ी रहती हो...गाड़ी सरकते-सरकते भागने लगती है...लाल-लाल डिब्बे, और लाल-सी स्वेड शर्ट में तुम...मैं अपनी पनियाई आँखों से देर तक तुमको देखता हूँ। तुम ओझल होने लगती हो, फिजाओं में

घुलने लगती हो। और तब हमको एहसास होता है कि बस यही होता है जाना। बस इतना-सा ही था तेरा जाना। ऐसी होती है जुदाई!

मैं पीछे मुड़ता हूँ। मेरे गले में हूक-सी अटकती है कोई। उजाड़ से प्लेटफार्म पर चने फाँकते हुए एक आंटी मुझे देखे जा रही हैं। डेजी, तुमको पता है...मेरे पैर आगे नहीं बढ़ रहे थे...मैं वहीं पालथी मार बैठ गया था। और फिर...और फिर बहुत रोया था...भोकार पारके रोया था...बिलकुल वैसे ही जब हमारे पापाजी की अर्थी उठी थी। नाक से और आँख से पानी सावन-भादो जैसा बह रहा था। हिचकी भी आई। और तू भी बिलकुल अजीब है...व्हाट्सएप पे अपनी तस्वीर क्यूँ भेजी थी...तीन मिनट में ही रो-रो के लाल हुई आँखोंवाली! तुम मानोगी तो नहीं, हमको मालूम है बाथरूम में जाके तुम रोई होगी! रोई थी न? नहीं? चल झूठी?

फिर पता है डेजी, क्या हुआ था? मैंने अपने कन्धों पे आंटीजी का हाथ देखा था। 'बाबू...ई जीवन जो है न...अइसे ही होता है' कहते हुए बिसलरी की बोतल में भरे लोकल जल के साथ ज्ञान का हेवी डोज मेरी तरफ बढ़ा दिया था उन्होंने। हम इतना ज्यादा हिले हुए थे तब...थैंकू या धन्यवाद भी नहीं कट पाए थे उनको।

उस टाइम जाना कि जाना ऐसे ही होता है, ऐसे ही...!

अब तुझे गए घंटों बीत गए हैं। तुम इलाहाबाद हो या कानपुर, क्या पता? सब एक ही जैसे तो हैं—ये सब हमारे बीच की दूरियों के नाम ही तो हैं। खैर, आगे सुनो न!

डेजी...चली गई न तुम...हमको अकेला छोड़के!

तुमरे बिना इस महालफंदर शहर में ये लफंदर क्या करेगा? तू मुझे बाल कटाने के लिए गालियाँ नहीं देगी...मैं तुझसे कोचिंग बंक करने के लिए झगड़े नहीं करूँगा...तू सुबह-सुबह एकाउंट्स की क्लास नहीं जाएगी...मेरी बाइक की पिछली सीट खाली ही रहेगी। मैं अब गोलगप्पे कभी नहीं खाऊँगा...तू अब गन्ने का जूस कभी नहीं पीएगी। मेरा एक शर्ट, दो सिमकार्ड और एक दिल ले के, अपनी स्कूलवाली वो उजली शर्ट, दो ब्रा, तीन तोहफे और ढेर सारी यादें देके—डेजी...चली गई न तुम...हमको अकेला छोड़ के...!

वापस आए तो अकरम, मुन्ना और पिंटू इस्टेशन के बाहर तैयार थे मुझ पे तरस खाने, मुझे समझाने और हँसाने के लिए। छोटे शहरों में लड़के के दोस्तों के लिए उसकी लभ स्टोरी किसी चटपटी अफवाह से कम नहीं होती है, जिस पर वो गढ़ सकते हैं खूंखार चुटकुले—चुटकुले जो उनकी सिंगल लाइफ के

दर्द के लिए झंडू बाम होते हैं। तो लंबे-लंबे छोड़ रहा था अकरम—कि इश्क में लौंडे की लंका लग गई! का बेटा? और करो ड्राइवरी...बाल बढ़ा-बढ़ा के...हमें कहता था न कि कॉन्वेंट वाली अंग्रेजन लड़कियाँ, मोहल्ले के बेरोजगार लौंडे वैसे ही होते हैं जैसे कढ़ी-बरी में कढ़ी-पत्ता! चूस के फेंक दी न?

'हिस्ट्री पढ़ने के लिए लड़का को छोड़ दिया...बताओ मरदे! अपने शहर में पटना विमेंस नहीं है का, जो वहाँ दिल्ली चली गई? साला, दिल्ली जाके अकबर अकबरेनू रहेगा, गाँधी थोड़े न हो जाएगा!

बता रहे हैं हम भाई तुमको...दिल्ली जाके सबसे पहले तुमरी प्रेम कहानी का होगा दी एंड...राँझना में धनुषवा के साथ अनिल कपूर की बिटिया जो की थी न...देख लेना तुमरी लभ इस्टोरी का डिट्टो वही दी एंड होगा!' पिंटू भी रॉकेट छोड़ रहा था।

डार्लिंग...क्या बताएँ तुमको हम मिजाज गरम हो जाता है उन लोग की बातें सुन-सुनके। मन तो किया कि चप्पल खोल के नीचे से ऊपर तक सोंट दें सबको। लेकिन क्या करें, दोस्त हैं और मूर्ख भी। ख्याल रखना पड़ता है।

बकलोल हैं सब के सब...तुम उन लोगों की बात का टेंशन मत लेना। हमको तो दिल्ली और तुम्हारे कॉलेज की लड़कियों का फिकिर हो रहा है। तुमरे कॉलेज की हिस्ट्री में तुम से बोकरात लड़की नहीं गई होगी। टीचर सबको भगवान ही बचाए!

और...और क्या बोलें तुमसे! रात हो गई है। घर आकर तुम्हारी शर्ट से आती तुम्हारी किओ कारपिन तेलवाली तीन दिन पुरानी खुशबू सूँघते हुए तुम्हें याद किया। फिर यह सब लिखने लगा। लिखते-लिखते तुम्हारी याद आ गई। याद करते-करते हम रोने लगा है। रोते-रोते भूख लग गई। अम्मा ने मशरूमवाली सब्जी बनाई है। हम अब खाने जाएँगे। तुम भी खा लेना। सुबह दिल्ली होगी तुम। नया शहर। नए लोग। नई दुनिया। हम दिल्ली कभी गए नहीं हैं। दिल्ली, क्या हम तो मुगलसराय के आगे भी नहीं गए हैं। इसलिए ज्यादा ज्ञान नहीं देंगे तुमको। तुम खुद्दे बहुत समझदार हो। पूरे साल मेरे साथ गंगाजी के किनारे केले के खेत में टाइमपास करने के बाद भी बारहवीं में इतना अच्छा नंबर लाई हो। आगे भी सब एग्जाम फोड़ोगी ही तुम। लेकिन कुछ बातें तो हैं जो हमेशा की तरह आज भी हम ही तुमको बताएँगे—तुम रोज कैल्शियमवाली गोली खाना भूल जाती थी—सुबह कोचिंग टाइम मुँह में कोंचना पड़ता था हमको—दिल्ली में मत भूलना, प्लीज...तुमको गुस्सा बहुत आता है—रोज गाली सुनते थे तुम्हारी—दिल्ली में किसी को मत देना, फोन पे सारी गालियाँ यहाँ पटना ट्रांसफर कर देना। और क्या...बस!

अच्छा जाते-जाते एक बात बताओ बे—ई तुम्हारे कॉलेज का नाम लेडी श्रीराम काहे है! अकरम कह रहा था, ऐसा हो ही नहीं सकता क्योंकि रामजी लेडीज नहीं, जेंट्स थे। डाउट तो थोड़ा हमको भी हुआ। पूछ के बताना न कॉलेजवाला सबसे! दिल्ली कैसी लगी, और तुमरे कॉलेज से पालिका बाजार कितनी दूर है, जरूर लिखना। पिंटू बोलता है वहाँ एक नंबर जीन्स और गोगल्स मिलता है। छुट्टी में आना तो एकाध मेरे लिए लेते आना।

अब सो जाओ। हम सपनों में मिलेंगे। रोज की तरह। चलो, ओक्के-टा-टा-बाय!

तुम्हारा रोमियो
गोल्डन

जीरो बट्टा सन्नाटा

दिल्ली; जुलाई, 2013

डियर गोल्डन,

सेंटी हूँ...इसलिए सेंटी जैसा ही कुछ लिख रही हूँ। पढ़कर ज्यादा खुश मत हो जाना अपने बारे में। रोज-रोज नहीं कहूँगी ये सब कुछ तुमको। समझे!

जानती हूँ अच्छे से कि आज सुबह भी तुम्हारी आँख 6 बजे ही खुल गई होगी, जब तुम्हारे बिस्तर के सिरहाने रखी उस अलार्म घड़ी की ट्रिंग-ट्रिंग ने रोज की तरह तुम्हें जगाया होगा। जानती हूँ कि तुमने रोज की तरह कसमसाकर आदतन अपनी चादर फिर सर तक चढ़ा ली होगी इस उम्मीद में कि मैं फोन लगाकर प्यार से अपने शोना-मोना को उठाऊँगी और डाँटकर याद दिलाऊँगी कि मेरी एकाउंट्स की कोचिंग का वक्त हो गया है, घोंचू, आके जल्दी पिक कर! जानती हूँ अच्छे से, आज फोन की घंटी नहीं बजी होगी, और तुम यूँ

ही घड़ी ताकते रहे होगे। तुमको पता है, तुम जब सोकर उठते हो न, कसम से, बड़े हॉट लगते हो। खैर!

इधर कुछ दिनों से रात को नींद नहीं आती है। लगता है जैसे कुछ बेहद जरूरी पीछे छूट गया हो। तुम्हें पता है, दिल्ली आते वक्त, बार-बार ट्रेन के उसी दरवाजे के पास जाकर तुम्हारे होंठों की गर्मी और होने के एहसास को टटोल, तलाश रही थी। चीख-चीखकर तुम्हारा नाम ले रोने का मन कर रहा था। जी कर रहा था कि मुगलसराय या कानपुर उतरकर, किसी डाउन ट्रेन को पकड़ लौट आऊँ तुम्हारे पास। फिर उस खूसट अंकल को देखा। पूरे रास्ते मुझे घूरता आया था वो, जी में आया पकड़ के पीट दूँ वहीं उसको। कमबख्त, ठरकी! दो मिनट की प्राइवेसी भी नहीं बर्दाश्त हुई थी बूढ़े से। कभी नहीं सोचा था कि ऐसा कुछ होगा। सच बोलूँ तो तेरे साथ कभी कुछ सोचा ही नहीं था... बस जिया था। तुझे छोड़के आने को हलवा समझ रही थी मैं। लेकिन आज लगा, तू सच बोलता था, यार—जुदाई सच में जुदाई होती है—चाहे वो रील लाइफ में हो या रीयल लाइफ में, आँसू छलका ही देती है। कभी-कभी तो चिढ़ मचती है अपनी पढ़ाई में अच्छे होने पर। गुस्सा आता है कैरियर-वैरियर के बारे में सोच के ही। लेकिन फिर बिसलेरी के दो घूँट पीते ही सोचने लगती हूँ, अकेले में, कि ये केवल मेरा सपना नहीं है। माँ, पप्पा, सबने...और फिर तुमने भी कितनी जिद की थी न कि हम यहाँ दिल्ली यूनिवर्सिटी चले आएँ पढ़ने।

मुझे अब भी याद है, जब मैगजीन में मैंने तुम्हें अपने कॉलेज का नाम और फोटो दिखाया था—देश के टॉप कॉलेजों की लिस्ट में सबसे ऊपर...कुल पचपन खम्भों पर टिकी लाल रंग की एक इमारत। तुम कैसे बच्चों की तरह उछल पड़े थे बस इस ख्याल से ही कि मेरे कॉलेज का फोटो इत्ती बड़ी मैगजीन में निकला है। पूरे एक हफ्ता तुम वो मैगजीन लिए हुए अपने हर यार-दोस्त, चौक-चौबारे ढिंढोरा पिटते रहे थे मेरे नाम का...कि डेजी का एडमिशन इतने बड़े कॉलेज में हो गया है। सच बोलें, तुमको इतना खुश देखकर हमें सब कुछ आसान लगने लगा था। लग रहा था जैसे ये मेरा सपना कम, तुम्हारा ज्यादा था। शायद इसलिए मैं भूल बैठी थी कि वहाँ बैठकर सपने देखने और यहाँ इस अनजान शहर में उन सपनों को जीने के बीच एक सौदे जैसा कुछ होता है। एक की कीमत पर ही दूसरा मुकम्मल होता है। पगली बोलेंगे सब मुझे, लेकिन अभी इस वक्त कोई मुझसे उन सारे सपनों का तुम्हारे लिए सौदा करने को बोल दे न, मैं शायद बिना कुछ कहे-सुने कर लूँगी।

सच बताना, गोल्डन, तब तुम्हें भी अंदाजा नहीं होगा न कि मेरे वहाँ से आने के बाद, जब तुम्हारी डेजी फिर से तुम्हारे साथ बाइक की अगली सीट पर बैठ, शहर से मीलों दूर हाजीपुर के केलों के खेतों में बैठ तुम्हारे साथ कव्वा उड़-मैना उड़ खेलती, बात-बात पर तुम्हें डाँटती, चीखते हुए तुम्हें जकड़ती हुई, सचमुच नहीं होगी तो कैसा होगा सब कुछ? हर दिन तुम्हारे साथ लुढ़कती रहनेवाली तुम्हारी लेडी सलमान तुमसे जब दूर होगी और कब मिलेगी इसका भी कुछ पता न होगा—ये अनुभव कैसा होगा, इसका अंदाजा अगर तुमको होता तो क्या तुम मुझे आने देते यहाँ? नहीं न?

जानते हो वहाँ बित्ते-भर के उस शहर में चहकती-फुदकती तुम्हारी बुलबुल यहाँ आके थोड़ा सहमी हुई है। दूर-दूर तक शहर और इसकी हवाओं में अनजाना-सा कुछ घुला हुआ है। सब अनजान हैं, सब अनदेखे हैं। और मेरी लग गई है! मैं न, मैं, बस तुम्हारे सामने शेरनी बनती थी, बाकी सबके सामने मेरी कैसे फटती है, तुम जानते हो न? यहाँ की हाई-फाई लड़कियों के बीच एकदम से मेरा सारा टशन धरा का धरा रह गया है। अब हर वक्त तो अपनी 96% वाली मार्कशीट अपने सर पे चस्पा किए चल तो नहीं सकती न। यहाँ ऐसी कई और हैं। हमसे ज्यादा नंबर पाने वाली भी।

वैसे यार, हर मजनूं की तरह अपनी लैला से झूठ तो तुमने भी जी-भर के बोला है। अब समझ आया है, उन सारी तारीफों का सच। मेरे बालों से खेलते-खेलते कैसे झूठी तारीफें किया करते थे तुम? उनके गहरे भूरे रंग और उनका खुला होना—कभी-कभी तो मुझे लगता था कि तुम मुझसे कम, मेरे

बालों से ही ज्यादा प्यार करते थे। कभी गलती से भी नाम नहीं ले सकती थी मैं उन्हें छोटे करवाने का और यहाँ देखो तो सब के बालों के रंग ही अलग-अलग हैं। किसी के लाल, तो किसी के सुग्गापंखी, किसी के ब्लू तो किसी के एकदम सीधे—बोले तो स्ट्रेट! खूबसूरती की अलग ही डिक्शनरी खरीदनी पड़ेगी इस शहर में मुझे!

कॉलेज के पहले दिन मैंने वही काले रंग के चिकन की कढ़ाई वाला कुर्ता पहना था जो तुम भागलपुर से लेके आए थे मेरे लिए। मेरा रंग भी तुमने ही चुना है—काला! तुम्हारा बस चलता तो कोई और रंग कभी पहनने ही न देते मुझे। खुद को बेबी डॉल समझने की इत्ती गंदी आदत लगा दी है तुम्हारे प्यार ने, झेलूँगी अब मैं इसको अकेले...

सब कसूर तेरा है। तुमने भी कोई कसर नहीं छोड़ी मेरे आड़े-तिरछे शौक पूरे करने में। हर पंद्रह दिन पर थ्रेडिंग के लिए पार्लर के बाहर मेरे कहने से पहले ले जाकर बाइक खड़ी कर देते थे तुम। वैक्सिंग के पहले तो मुझसे ज्यादा डर तुम्हें लगता था। कैसे परेशान हो जाते थे तुम—वैक्सिंग के बाद, हल्की-हल्की लाल हो चुकी मेरी कलाइयों को देखकर। और फिर वो तुम्हारा गुस्से में हाथ थाम कहना—क्या जरूरत है ई सब बकलोल टाइप का काम करने का। और फिर बाइक पे बैठे-बैठे हौले-हौले तुम्हारा उनको सहलाना, तब तक जब तक तुम्हें पक्का पता न चल जाए कि कलाइयों की वो लाली छँट गई है। पगले, तेरे इश्क में मैं खुद को कैटरीना से कम नहीं समझने लगी थी। सब याद आ रहा है अभी। कॉलेज के अंदर, हॉस्टल के कमरे में पंखे को ताक रही हूँ। और बार-बार खुद को बता रही हूँ कि इतना सेंटीपना मेरे और तुम्हारे स्वास्थ्य के लिए ठीक नहीं। गोल्डन, देखो न, मैं स्ट्रांग बनने की कितनी कोशिश कर रही हूँ, लेकिन आँसू हैं कि निकल ही आते हैं हर तीसरी लाइन के बाद। अच्छा रुको, टॉपिक चेंज! चलो तुमको कुछ और बताते हैं।

हॉस्टल कॉलेज के अंदर ही है, सो हमें बाहर की दुनिया से मतलब जरा कम ही रहता है। सब कहते हैं कि इस कॉलेज में जादू है—द मैजिक ऑफ एल.एस.आर.! हर तरफ बेधड़क बढ़ते कदम, मर्दों की दुनिया से बिलकुल अलहदा है यह दुनिया जहाँ सब अपनी शर्तों पर जीते हैं, जहाँ कोई किसी की परवाह नहीं करता है, कोई किसी के लिए नहीं ठहरता है।

यहाँ आकर मैं सोचने लगी हूँ कि इतनी बेफिक्री क्या वाकई जिंदगी में घोली जा सकती है? उस लड़की की जिंदगी में जिसकी सुबह से लेकर शाम तक पर तुम्हारी मिल्कियत है, जिसकी रातों के सपनों में हर दूसरे दिन तुम कुछ-न-कुछ ऊधम मचाते हुए आ धमकते हो। तुमको मालूम है, तुम्हारे झगड़ों,

तुम्हारी गैंगबाजी, तुम्हारे झूठ, तुम्हारे सच, भूख, प्यास पर सोचने-समझने का जिम्मा आज तक जिस लड़की ने उठाया था, वो अब जिस दुनिया में है, वहाँ इस तरह इश्क करना निहायत डाउन मार्केट है। लेकिन प्रॉमिस है तुमसे, मैं वापिस आऊँगी तो तुम्हें ठीक वैसी ही मिलूँगी जैसा तुमने मुझे छोड़ा था।

... ...

झूठा है यह शहर, खुद से रोज सौ झूठ बोलता है। सामने चाहे जितना नकार ले, इस शहर में इश्क अब भी छुप-छुप के हो ही जाता है। यहाँ हर कोने, हर सड़क, हर पार्क, हर गली, बस स्टॉप और मेट्रो में लेडीज और जेंट्स कम्पार्टमेंट के बीच इश्क की चाशनी में डूबे कितने नर-मादा मुझे रोज नजर आते हैं। बेतरतीब-सी रफ्तार में शहर के तले भागती जिंदगी में इन जोड़ों को देखते ही आँखों में कुछ गीला-गीला-सा चुभने लगता है—फिर आँखों पर चढ़ी पानी की चादर से छन के सिर्फ तुम नजर आते हो, वैसे ही पुराने...बेवकूफ जैसे तुम!

कॉलेज से लेकर हॉस्टल तक न जाने कितने लॉन हैं यहाँ। एक ठीक मेरे कमरे के बाहर भी है। हरी-भरी मुलायम घास है वहाँ। गाँधी मैदान में कब उगेगी वैसी घास, गोल्डन? याद है, हम पहली बार वहीं मिले थे, एकदम बोर-सी उस जगह पर। कितने नर्वस थे न तुम...हाथ में मुड़ा-तुड़ा-सा वो गुलाब लिए हुए, धूल में सनी वो ब्लू शर्ट पहने हुए। हीरो, मेरी दोस्तों का कहना है कि 'लव एट फर्स्ट साइट' सिर्फ फिल्मों में होता है। लेकिन मुझे पता है कि तुझे वैसे देखते ही मेरे कानों का एकदम से गरम हो जाना ही हमारा रियल लाइफ में 'लव एट फर्स्ट साइट' था। तुम कहते थे कि तुम्हें गर्लफ्रेंड की शक्ल में लड़ाकू विमान मिल गया है। जब देखो लड़ती रहती थी न मैं तुगरो। सच बोल रही हूँ, मुझे भी तुम्हारे होने का सबसे गहरा एहसास अब ही हुआ है—तुमसे दूर होकर जब तुम्हारी इकलौती शर्ट को अपनी रूममेट की नजरों से बचा-बचाकर पहनती हूँ, इस उम्मीद में कि तुम्हारी डिओ की गुम होती खुशबू में तुम्हारा कोई कतरा अब भी बचा हो, जो मुझे तुम्हारे पास होने का एहसास करा दे। मुझे तुमसे रोज झगड़ना है, गोल्डन, जिंदगी-भर।...

तुम तो पागल हो गए होगे न, मुझे 60% की संस्कारी गर्लफ्रेंड की तरह बर्ताव करते हुए देखकर! खुश हो लो मेरे सोना...क्या करूँ, तुम्हारी लड़ाकू विमान आज बहुत अकेला महसूस कर रही है। न माँ हैं, न बाबा हैं, न ही वो जानी-पहचानी सँकरी-सी गलियाँ जहाँ मैं और तुम बेधड़क इश्कजादों की तरह मँडराते फिरते थे; न मेरी वो बेस्ट फ्रेंड्स टाइप मैसेंजर सहेलियाँ हैं जो एसएमएस से भी जल्दी खबरें पहुँचा दिया करती थीं; न वो सिंगल स्क्रीन सिनेमा जहाँ हमने तीन-तीन करके न जाने कितने घंटे बिताए लेकिन पिक्चर

एक भी नहीं देखी; न ही वो चाचा, वो बुआ, जान-पहचान के रिश्तेदारों की वो आर्मी जिनके डर से मैं अपने बैग में परमानेंटली एक दुपट्टा लेके बाहर निकलती थी, न तुम, न मैं—यहाँ इस शहर में वो कुछ भी नहीं जो मेरा अपना हो, मैं भी नहीं!

चलो, डिनर की बेल बज गई है। बेस्वाद है खाना यहाँ का, और थकी हुई-सी रात जहाँ नींद कम ही आती है।

जल्दी से फोन करके अपने गर्दभ सुर में अपनी पेटेंट लोरी सुनाओ ताकि ख्वाबों के गलियारों में तुम्हारी बाइक के पीछे बैठकर स्टंट मारते हुए तुमको पा सकूँ।

चलती हूँ, खयाल रखना अपना...

तुम्हारी
डेजी

जब दिल न लगे दिलदार

पटना; अगस्त, 2013

डेजी डार्लिंग जी,

शुभ प्रभात! गुड मॉर्निंग!

आमको एगो! गुड न्यूज देनी है। लेकिन उसके पहले ई सुनिए। बाई गॉड, माई कसम, हम कल रात आपको बहुत मिस किए। साढ़े तीन बजे तक सिसकते रहे...

ये के.के. वाला गाना भी न, गजब का सेंटी करता है, यार—'सिसक सिसक के इस दिल से आह निकलती रही, हमको सजा दी प्यार की...' क्या बताएँ, डार्लिंग, गाना सुनके जो तुम्हारी याद इस तरह आई कि हम न चाह के भी सिसकते रहे।

लेकिन फिर साढ़े तीन बजे के करीब हमने अपने भीतर से आती वो आवाज सुनी—'अबे चुप कर चूतिए, कितना रोएगा!' डेजी, बता रहे हैं हम तुमको, लाइफ में फर्स्ट टाइम हमने सुनी कल अंतरात्मा की आवाज। बड़ी फिल्मी टाइप की हैं हमारी अंतरात्माएँ, बस डायलाग छोड़ती हैं लंबे-लंबे—इश्क किया है तूने, और मर्द ही इश्क करते हैं, मर्द को दर्द नहीं होता, जा गोल्डन जी ले अपनी जिंदगी, तेरी डेजी तेरा इंतजार कर रही है! कसम से, 'कुछ कुछ होता है' टाइप फील होने लगा था हमको!

सुबह होने को थी। और बस डार्लिंग, उसी मोमेंट में तुम्हारे 'बॉडीगार्ड' फिल्मवाले सलमान, 'मोहब्बतें' वाले शाहरुख और 'राज' वाले डीनो मारिया के कॉम्बो पैक, तेरे बॉयफ्रेंड ने डिसाइड कर लिया कि बजाय इसके कि हम यहाँ पटना में अकरम, पिंटू जैसे लफंगों के साथ दिन-भर आवारागर्दी करें, रात को फुल टाइट होकर, घर पहुँच के माँ को डिनर की थाली हाथ में लिए इंतजार करते देख गिल्टी फील करें, रोज रात को उसकी दमे वाली खाँसियों में अपने लिए मुँहझौंसा, नालायक, आवारा टाइप की गालियाँ सुनें और फिर रात में सोते टेम तुमको याद करते-करते कुमार शानू को झेलें, मेरा वहाँ दिल्ली, अपनी डार्लिंग की राजधानी, तेरी गली में आना ही सही रहेगा। लाख मैसेज-मैसेज, फोन-फान, फेसबुक कर लो, फेस-टू-फेस वाला प्यार जिंदाबाद था, जिंदाबाद है और जिंदाबाद रहेगा! और ई हम नहीं, गोविंदा जी भी कह गए हैं कि 'जब दिल न लगे दिलदार हमारी गली आ जाना।'

तो हाँ मेरी सोनाक्षी सिन्हा, मेरी हुमा कुरैशी, मेरी लेडी दबंग—आपके जाने के बाद, एक दिन सुबह पौने पाँच बजे के आस-पास हमको ये ब्रह्मज्ञान हुआ कि हम यहाँ आपसे उतना दूर रहके अपनी रोमांस लाइफ की मदर-सिस्टर होते नहीं देखना चाहते। अंदर से मानो कोई आवाज-सी आई हो, 'लाइफ ऐसे भी झंड ही है, इश्क करके भी झंड रहे तो दिलीप कुमार की कसम, आप महाफालतू हैं।'

तो डेजी जी, उसी कुछ-कुछ होता है मोमेंट में हमने मन बना लिया कि शाम वाली ट्रेन से हम आपके पास वहाँ दिल्ली पहुँच रहे हैं। आ रहे हैं हम... हमने सोचा था, सीधे वहीं तुमरे कॉलेज के बाहर पहुँच के तुमको सरप्राइज देंगे, लेकिन का करें, कंट्रोलवे नहीं न होता है, अइसावाला मोमेंट में हमको!

पहले हम सोचे कि पहिलका ट्रिप बाइक से ही मार देते हैं, बाइक रहेगा तो वहाँ दिल्ली में रेड फोर्ट, कुतुबमीनार ये सब देखने में आराम रहेगा। याद है न मेरा स्टंट सब, जो तुमको हम बैठा के मारते थे, एअरपोर्ट रोड में!

लेकिन फिर हम सोचे कि धुत्त बुरबक, देश की राजधानी जा रहे हैं, और इतनी छोटी सवारी से जाएँगे? तो हम सोचे कि शामवाली एक्सप्रेस ही सही रहेगी। बाइक कभी और ले आएँगे।

तो गुड न्यूज ई है डार्लिंग कि हमारी 'डीडीएलजी' जैसी प्रेम कहानी का 'तेरे नाम' अब बस बहुत हुआ, अब तुम्हारा अजय देवगन तुम्हारे पास आ रहा है!

छोटे शहरों में मजबूर रहते हैं। सपनों को जीने के लिए हमें दिल्ली आना ही पड़ता है। और तुम मेरा सपना हो...समझी?

हमने ज्यों ही ये धरती-धमक फैसला लिया, अकरम को कॉल लगाया। पता है क्या कहके फोन काट दिया उसने—'भाई, अभी टल्ली लगते हो, सुबह होश में बात करते हैं, ठीक है?'

फिर हम पिंटू को कॉल लगाए तो उसकी मम्मी ने फोन उठाया, बोलीं—'बनारस गया है शादी में!' बताइए, बिना हमको बताए बनारस निकल लिया लौंडा!

फिर सबसे बाद में हमने अपनी माताश्री से बात करनी चाही जो उस वक्त लछमनिया (अरे, हमारी बछिया वही) को चारा दे रही थीं। हमें लगा कि उन्हें भी ये न्यूज ब्रेक कर ही देनी चाहिए।

'अम्मा, हमको तुमको एगो बात बताना था!'' हम बोलना शुरू किए।

'बात-वात तुम बाद में बताना शर्मा जी के लौंडे, करमजले, पहिले ई बताओ हमको कि गलीवाले पिंटू किराना से केतना का उधार जमा किए हो जी तुम? पिंटू की अम्मा ताने देती है हमको, घोड़ा जैसे हो गए हो, पाँच पैसा

कमाने का सहूर नहीं सीखे! जब देखो घर में बैठे नूझ-ऊझ और कपिल शर्मा देखते रहते हो और बड़े आए अम्मा-अम्मा करके किशन-कन्हैया बनने! आ ई सब छोड़ो जी, सामने वाली बंगालन की बेटी को मोबाइल पर आईलभयू का मैसेज भेजने में शरम नहीं आया तुमको! मोहल्ला में हमरा निकलना दूभर करोगे तुम मेरा एक दिन!' अम्मा रोज की तरह फुल फायर थी हमपे।

डार्लिंग इससे पहले कि तुम हमपे भड़को, हम ई बंगालन वाला मैटर तुमसे क्लियर कर दें। दरअसल ई सारा अकरम का फैलाया रायता है। परसों रात में ज्यादा पी लिया था। और बेहोशी में इतना सेंटी हो गया लौंडा कि हमरे नंबर से बंगालन को मैसेज कर दिया कि 'स्काई इज ब्लू एंड रोज इज रेड, डीप इन योर लभ आई एम गोइंग डेड! सो आई लव यू!' बस फिर क्या था, सुबह हुई, और बंगालन ने वो मैसेज देखा और भेजनेवाले का नाम भी। झनझना के फुल फायर! तब ही फैमिली की नजर में हम शक्ति कपूर बने हुए हैं!

'अम्मा, हमारी नौकरी लगी है दिल्ली में!' लगभग आधा घंटा तक अम्मा रोडी वाले टकलू रघु का रूप धारण कर मुझे धाराप्रवाह गरियाती रही। और तब कहीं जाके बोल पाए थे हम उनको ये!

कस्बाई पटल के लौंडे की नौकरी लगते ही माँ एक मिनट में मदर इंडिया वाली नरगिस से दीवार वाली निरुपमा राय बन जाती है, ई कल ही रात में तब हमको पता चला जब हमारी अम्मा जी ने ये सुन गालियों का सीधा प्रसारण बंद किया और तपाक् से हमको गले से लगा लिया।

'आयँ, तुमरी नौकरी लग गई! जय हनुमान जी, हमरा मंदिर जाना सिद्ध हो गया, जय सुरसत्ती मैया!' अम्मा ने करीब डेढ़ मिनट तक एक लाइन से सभी देवी देवताओं को थैंक्स बोला। फिर हमारी कम्पनी के बारे में पूछा? का करोगे? कहाँ रहोगे? कितना मिलेगा टाइप के सवाल दागे? और फिर आखिर में, अपनी आँखों से लोर चुआ के कहा—लेकिन बौआ, तुम चले जाओगे तो इस घर में तेरी बुढ़िया अकेली नहीं हो जाएगी!'

सेंटी होके माँ एकता कपूर वाले सीरियल की माँओं जैसी साउंड कर रही थी। हम कल ध्यान से सुने तो पता चला कि माँ टीवी को कितना सीरियसली लेती है।

लेकिन क्या करोगी, बेटा हैं न उसके, सिंगल, हम चुपचाप गले लगे हुए अम्मा का बकबकाना सुनते रहे। अपने झूठ पर शरमाते रहे। भीतर-ही-भीतर रोते रहे। काहे कि आज लाइफ में पहली बार अम्मा हम पे प्राउड हुई थी। कसम से बता रहे हैं हम, लाइफ में पहली बार झूठ बोले थे, और ये उसी झूठ का कमाल था। खुशी उनकी आँखों और नाक के रस्ते पानी की शक्ल में

ओवरफ्लो कर रही थी। अम्मा की आँखों में साफ झलकती थी वो खुशी जो इस बात से थी कि अब अपनी दवाइयों के खर्चे के लिए उन्हें अपने देवरानी से किच-किच नहीं करनी पड़ेगी, कि अब वो खुल के मोहल्ले-भर की आंटियों को बता सकेंगी कि उनका वाला आवारा अब आवारा नहीं रहा।

हम चुप रहे। अम्मा खुश होती रही। अपने नालायक को इनसान बनता देखकर।

तुमको पता है डेजी, कस्बों के आवारा सबके लिए नौकरी ही वो सर्फ एक्सेल है जो उनकी आवारगी का दाग धोता है। ये ज्ञान हमको कल हुआ। सोचा, शेयर कर लें तुमसे।

तो खैर, मुद्दे की बात ये है कि तुमसे जुदाई बर्दाश्त न कर पाने और लांग डिस्टेंस टाइप के फरेब में अपनी बिलकुल भी दिलचस्पी नहीं होने के चलते, हमने दिल्ली और दिल्ली वाली नौकरी वाला किस्सा माँ को सुना दिया।

'लाल किला के पास कमरा है माँ, पैसा भी अच्छा है माँ...शर्मा आंटी के बेटे से ज्यादा है माँ...हाँ माँ, छुट्टियाँ भी देंगे वो...आते रहेंगे हम यहाँ!' जितनी मेरी अकल है, वो सारी झूठ बोलने में झोंक दी मैंने कल। माँ सब सच मान खुश हो गई।

माँ चुप ही रही। मुझे देखती रही। फिर लास्ट में मुस्कुराते हुए पूछा—'तेरा क्या मन है?' और फिर मैं माँ के गले लग गया। एकदम डीडीएलजे में काजोल की मम्मी जैसी हेल्पफुल लग रही थी माँ उस वक्त हमको मानो कह रही हो, 'जा गोल्डन, जा, जी ले अपनी जिंदगी।'

'कब जाना है,' अम्मा ने पूछा था।

'कल ही,' हमने कहा था।

'सच्ची? इतनी जल्दी? धत्त बुरबक, अब निमकी और लड्डू कैसे बनाऊँगी तुम्हारे लिए?' मेरी भोली माँ ने कहा था।

फिर चुपचाप अपने सौ-डेढ़ सौ साल पुराने बक्से में से, पापा जी के एलआईसी के सौजन्य से मिले हुए हजार के पाँच नोट हमारे हाथ में ला के रख दिए थे उसने।

'इतना में हो जाएगा न?' बस इतना ही कहा था उसने, और डेजी हम एक बार फिर से भोकार पार के रो दिए थे।

माँ से झूठ बोले। साला, अंदर के मुकद्दर का पूरा छिछालेदर हो गया! लेकिन फिर लगा ये झूठ जरूरी थे। जीने के लिए। करण-अर्जुन की मम्मी की कसम, माँ से कहे हर झूठ को सच में बदल देंगे हम।

हमको मालूम है कि ई धाँसू न्यूज सुनते हुए तुम खुशी में बौरा के एकाध

मवाली सीटी तो मारी ही होगी। तुम्हारे साथ-साथ जीते-जीते अपनी भी जिंदगी को जिंगालाला बनाना चाहते हैं। तू मिल ही गई है, एक नौकरी मिल जाए—वो शहर और ये जिंदगी—सब मुकम्मल हो जाएगा।

कसम से यार, अकरम भी बोल रहा था कि 'दिल्ली, मुंबई जाके आदमी का माइंड खुलता है, लाइफ में कुछ डायरेक्शन आता है। अगर अब्बा यहाँ मस्जिद रोड पे हमसे गमछा न बेचवाते होते तो हम भी दिल्ली ही आते भाया!' हमें भी ऐसा ही कुछ लगता है। हर इनसान की लाइफ में एक वक्त आता है जब उसे अपने कस्बे से कट लेना चाहिए। न कटे तो कस्बा मार देता है। मुझे नहीं मरना, यार डेजी! तुम साथ दोगी न...जीने में?

और...और क्या बताएँ हम तुमको?

हाँ, आने का खबर सुन के पब्लिक पूरी सेंटी हो गई थी वहाँ। दुख में 1500 का दारू पी गए कमबख्त! बताओ यार, अम्मा ने पैसे थमाए थे, दिल्ली जाने के लिए, और दुखी होके इन्होंने उसकी व्हिस्की खोल दी। खैर, मोहल्ले के यार लाइफ के फर्स्ट एंड लास्ट यार होते हैं। इतना बनता था।

अम्मा आते वक्त ज्यादा सेंटी नहीं हुई। उनका सीरियल चल रहा था, तो शॉर्ट में ही तीन-चार बूँद गिरा के निपटा दी। बाकी चाचा जी ने हमें निकलता देख कोई खास रिएक्शन नहीं दिया।

फिर इस्टेशन आए हम। आधा दर्जन टल्ली इन कमीनों के साथ टीटी साब को ढूँढ़ रहे थे। टिकट के लिए। पिंटू बोल रहा था—'बिना टिकट ही निकल लो, भारतीय रेल है!' लेकिन हम बोले, 'साले, कौनो बलिया-बक्सर जा रहे हैं कि टिकट बिना निकल लें। देश की राजधानी जा रहे हैं हम, एक टिकट तो बनता है।'

पर हमारी किस्मत पे छाए सनिच्चर की बला से हमें टिकट नहीं मिला। तो गाड़ी खिसकने से कुछ मिनट पहले पिंटू के नेतृत्व में हम एक बोगी में चढ़ गए। एसी-1 टाइप का कुछ था वो, ये ज्ञान हमें अंदर जा के होता, तब तक पिंटू बाईस नंबर वाली सीट के पास जा अपना रूमाल बिछाने लगा था।

'यहाँ बैठिए भिया, मस्स्त केबिन है, विंडो व्यू है, टॉयलेट भी पास है!' पिंटू बके जा रहा था और पैर फैलाए उसे अपने सामने बैठे अंकल एक लड़के को छोड़ने आई इस छह लम्पटों की भीड़ को देख के परेशान थे। इनके लूर-लछन को देखते हुए चुप रहे बेचारे और चश्मा चढ़ा के मैगजीन पढ़ते रहे।

फिर ट्रेन खिसकने से कुछ सेकंड पहले, यारों ने चुम्मे, किस्सियों और गले लगाने का जो कारोबार किया, उससे बाई गॉड, हम एक चीज सीखे कि यार जब नशे में भंड हों, उन्हें कभी भी स्टेशन छोड़ने नहीं लाना चाहिए।

जोश–जोश में हम ज्यादा ही जोशिया जाते हैं। लेकिन अब क्या था! ट्रेन खुल गई। और तुमको तो पता ही है, हम भी अपने टाइप के हीरो हैं—चढ़ गए सो चढ़ गए। फिर उतरते नहीं हैं।

हम भी चुपचाप से आकर बोगी में बैठ गए। झूठ नहीं बोलेंगे, अंदर से धुक–धुक तो हमारा भी हो रहा था। हमें एहसास था कि शरीफों की उस बोगी में इकलौते लफंदर हम ही हैं और हमारे फर्स्ट लुक में ही टीटी हमें ताड़ लेगा। और वही हुआ। सुरेश पांडे नाम के टीटी ने गाड़ी खुलने के बीस मिनट के अंदर ही हमें धर लिया। बड़ा माय डियर आदमी था, बाई गॉड! जनाब अपने बनारस से ही हैं। इनकी एक बीवी, एक टाइमपास गर्लफ्रेंड और चार बच्चे हैं। दो साल में रिटायर होनेवाले हैं। पान, किशोर कुमार और अंग्रेजी दारू से प्यार करते हैं। और बहुत मीठा गाते हैं। अब तुम पूछोगी कि हम ये सब कैसे जानते हैं तो सुनो!

... ...

'आयँ लड़का, टिकट दिखाओ।' हमरी गिल्टी से भरी हुई आँखों में आँखें डालते हुए जब पांडे जी ने हमसे कहा तो हम चुप रहे। और करते भी क्या?

'चलिए निकलिए तो, टॉयलेट के पास मिलिए तो हमसे आप!' पांडे जी ने हमको वहाँ से कट लेने का इशारा किया और हमने सामने वाले अंकल के होंठों पे संतोष की मुस्कान देखी।

अब क्या कहें, आज्ञाकारी तो हम बचपन से ही हैं, और गलती भी थी... तो हम चुपचाप से टॉयलेट की तरफ जाने लगे। डेजी...वहाँ तो हमरे जैसे तीन चार और लटके पड़े थे! कोई वेटिंग टिकट लेके खड़ा था तो कोई आरएसी का रोना रो रहा था। तभी हमको समझ में आया कि इस देश में अंग्रेजी बोलने वाला इनसान ही सबसे ज्यादा देसी करता है।

हाँ, तो फिर करीब पंद्रह मिनट बाद मुँह में चबाते हुए पान चेहरे पर निर्मल बाबा जैसी मुस्कान लिए हुए पांडे जी वहाँ अवतरित हुए और धीमी गति में मुस्कुराहट बाँटते हुए मनचाहे दाम पर सीट बाँटने लगे। अन्ना और केजरीवाल साब लाख रट के मर जाएँ, लेकिन इस देश में इनसान जब तक जरूरतमंद रहेगा, बेईमान ही रहेगा, ये साला हमको कल समझ में आया जब देखते ही देखते पांडे ने अपने दिन–भर का कोटा पूरा कर लिया।

'हाँ, तो लड़का, भिदाउट टिकट एसी में चढ़ के टाँग फैला देते हो जी तुम, गजब बिसखोपड़ हो तुम तो!' पांडे बिना मेरी तरफ देखे वैसे ही मुस्कुराते हुए मुझसे बोल रहा था।

'का करें सर...इमरजेंसी हो जाता है कभी–कभी!' हम काहे चुप रहते!

'नहीं...ऊ त...हम भी समझते हैं...लेकिन फीस न लगती है जी इमरजेंसी सेवा की! का करोगे? चलो दू गो हजार की नंबरी निकालो, सीट देते हैं तुमको हम।' पांडे बहुत अच्छा आदमी है, एकदम टू द पॉइंट बात करता है। पब्लिक भी कनभिंस नजर आ रही थी।

हमने उसकी आँखों में देखा, उसने हमरी आँखों में देखा।

'उतना पैसा रहता तो उड़के नहीं चले जाते दिल्ली?' हमने भी कह दिया।

और पांडे एक सेकंड के लिए ठिठक गया और अगले ही पल हे-हे हा-हा करके हँसने लगा।

'अच्छा, कितना दोगे? चलो हजार—पाँच सौ कुछ भी दे दो...' दो बातें बहुत अच्छी लगीं हमें पांडे की। वो अनुभवी है और इनसान का दुख पहचानता है। बेईमान सब होते हैं, लेकिन पांडे लालची नहीं था। उसने मुझे कोने में आने का सिग्नल दिया और बड़े ही मित्रवत भाव से दूसरे भगत को लूटने लग गया।

'पाँच सौ और अंग्रेजी। लास्ट? चलेगा?' मौका पाते ही हमने तुरुप का आखिरी पत्ता फेंका और उससे डील कर ली। भाईसाब ने हमारी बात मान ली। वो तो कहो कि अकरम ने रात के लिए एक बोतल बचा के डाल दिया था हमारे बैग में।

'आदमी मनोरंजक लगते हो तुम हमें, चलो, बैठे-बैठे सफर अच्छा कट जाएगा।' पांडे ने बिलकुल बड़े भाई की तरह हमारे कंधे पर हाथ रखा और मुझे अपनी वाली बर्थ शेयर करने का ऑफर दे दिया।

बस फिर क्या है। रात के एक बजे पांडे'चा ने पैंट्री से एक नंबर सलाद मंगवाया और बिसलरी में जाम घोलते हुए हमको किशोर कुमार के बैक टू बैक तीन गाए सुना दिए। हमने उन्हें बताया कि हमरी इमरजेंसी का नाम डेजी है। पांडे जी ने तुम्हें ढेर सारा आशीर्वाद दिया। टीटी हो तो ऐसा, वरना न हो!

रात, इंतजार और खुमार का मिक्सचर बहुत खतरनाक होता है, बता रहे हैं हम तुमको। लेकिन अब लगता है कि दिल्ली दूर नहीं...

फिलहाल तो गुड नाइट!

तुम्हारा रोमियो
गोल्डन

तेरा आना!

दिल्ली; अगस्त, 2013

डियर गोल्डन,

तुम्हारी बातें पढ़के तलवे की लहर माथे पे चढ़ जाती है। फुल फायर हैं हम अभी! सामने होते तो फोड़ के ऑमलेट बना देते तुम्हारा!

भाँड में जाओ एकदम से। पर जाने से पहले हमको एक बात बताओ।

बाबू, तुम और तुम्हारे सरप्राइज इतने क्रांतिकारी क्यूँ होते हैं कि सुनके हार्ट ही फेल हो जाए? मतलब तुमसे बिछुड़ने के गम में हम तुमको एक सेंटी लेटर में एक-आध हजार वर्ड का सेंटीआपा क्या ठेल दिए, तुम तो यार सर पे चढ़के नाचने लग गए!'

यूँ ही छोड़ दिया पटना? घर छोड़ दिया? झूठ बोल के? अम्मा से? क्यूँ? क्यूँ 'मेरे दिल' फिलिम के आमिर खान, क्यूँ?

हम कहते थे तुमसे कि ज्यादा हिंदी फिल्में न देखा करो। एक दिन दिमाग का तड़ीपार हो जाएगा। लो, हो गया न!

क्यूँ किया ऐसा गोल्डन?

नहीं, बताओ बेटा तुम हमको, तुमको क्या लगता है, बारहवीं में तिरालीस परसेंट वाला मार्कशीट डुलाते हुए, अम्मा से पाँच हजार झींट के, पांडे जी के संग चखना फाँकते, मेरी तस्वीर दिखलाते हुए, संपूर्ण क्रांति ट्रेन के डब्बे में लबर-लबर करते हुए, तुम दिल्ली आओगे और बस सब सेट मिलेगा? लाल किले पे इनका कमरा होगा, गुडगाँव में इनका ऑफिस होगा, और कल सुबह, हम बाँहें फैलाए कॉलेज के बाहर इनका वेट करते मिलेंगे?

हमको मालूम था कि इश्क में सेंटी मारने की तुम्हारी पुरानी आदत है, लेकिन मेरे जाने के बाद तुम इस लेवल पर ऑपरेट करने लगोगे, इसका हमें कतई आइडिया नहीं था।

आए हो तो क्या करोगे? कुछ करोगे तो कहाँ रहोगे? कहीं रहोगे तो जी सकोगे?

गोल्डन, मुसाफिर की शक्ल में आनेवाले हर इनसान से दिल्ली ऐसे हजार सवाल पूछती है। और ट्रस्ट मी, इन सवालों के जवाब ढूँढ़ने में अच्छे अच्छों की वाट लग जाती है। और फिर तुम तो गोल्डन हो। हिंदी फिल्में देखने, टाइमपास करने और हमसे इश्क फरमाने के अलावा तुमने कुछ किया भी तो नहीं है। क्या करोगे? कैसे करोगे? बताओ?

'तुम मिल जाओगी, नौकरी मिल जाएगी और ये शहर मुकम्मल हो जाएगा?' वाह बेट्टा, वाह!

मैं मिल जाऊँगी। बस! इससे क्या हो जाएगा?

क्या खाओगे? कहाँ रहोगे? क्या करोगे? कैसे मिलोगे? अपनी अम्मा को क्या भेजोगे? ये वो सवाल हैं जो जिंदगी अब तुमसे पूछ रही है?

सोचा इनके बारे में कुछ?

लेकिन यह सब काहे सोचने लगे तुम? तुम सोचते कब हो? भौकाली आदमी हो तुम, सोचोगे क्यूँ? महबूबा की याद आई, के.के. का गाना सुना और अगले दिन निकल लिए दिल्ली, उसके पास।

अक्ल के अँधे कहीं के!

आओ अब! बहुत हुई फिलासफी।

यार से मिलने यार आए—ये कब बुरा हुआ है...

हमको मालूम है कि दिल्ली के पास इतना बड़ा जिगर नहीं कि मेरे रोमियो को डरा सके। तुम सब सँभाल लोगे। लेकिन क्या करें, डार्लिंग, पढ़े-लिखे हैं न हम, डरे बिना खाना नहीं पचता है हमारा।

इससे ज्यादा गुस्सा नहीं हो सकते हैं हम तुम पे। ऐसा नहीं है कि तुमरे आने से हम खुश नहीं हैं। लेकिन इतनी गाली देनी जरूरी थी तुमको। अपनी माधुरी के पीछे-पीछे उसका आमिर आएगा जरूर, इस बात का तो हमें इल्म था, लेकिन साले इस गति से आओगे, हमें मालूम नहीं था।

सॉरी यार, हम तुमपे ऊपर से ज्यादा ही भड़क गए यार। तुम भी सोच रहे होगे कि इतनी-सी बात पे इतना भी क्या गरम होना! गॉड प्रॉमिस, हम तुमसे बिलकुल ही गुस्सा नहीं हैं।

अब क्या बताएँ हम तुमको! रूम मेट जो है न मेरी, महारानी, है दिल्ली की ही, लेकिन डीलिंग देखो मैडम जी के तो जैसे कि अमरीका रिटर्न्ड है। रम्या विश्वनाथन नाम है। साला! बोलने में हमारी जबान उलट-उलट जाती है। जब से कमरे में आई है अंग्रेजी में चपर-चपर, चपर-चपर! चौदह तरह के लिपस्टिक के ब्रांड का तो नाम बता चुकी है हमको! मैडम जी को म्यूजिक-व्यूजिक का बड़ा शौक है। पता नहीं कोई बैंड है इनके यार का, उसमें झाल-नगाड़ा जैसा कुछ बजाती थीं शायद! अपने मुँह किए जा रही थीं अपनी तारीफ। देख तो हमें ऐसे रही थी जैसे कि पता नहीं कहाँ की क्वीन हैं!

नहीं मतलब, हम भी कोई कम नहीं हैं, झाड़ तो हम भी दें उसको बढ़िया से अंग्रेजी में ही! लेकिन गोल्डन, यहाँ आके हमको ऐसा लग रहा है कि यार, हमारी स्पोकन इंग्लिश थोड़ी कमजोर रह गई। अंग्रेजी में धाँय-धाँय लिखना और अंग्रेजी में फाँय-फाँय बोलना दो अलग-अलग चीजें हैं। पटना ने हमें लिखना सिखाया है, बोलना नहीं!

गोल्डन, तुमको कैसे बताएँ...अपने शहर की सबसे पॉपुलर लड़की जब लाइफ में पहली बार किसी दिल्लीवाली के सामने चुप होती है तो उसे कैसा लगता है!

बता रहे हैं तुमको हम गोल्डन, लड़की हाथ से निकली हुई है। किताब-कॉपी की जगह गिटार और एक दाढ़ी वाले आदमी की पंद्रह बीस तस्वीरें लेकर आई है। कोई बॉब मारले नाम का सिंगर है, मैडम जी ने उसको अपने पति का दर्जा दे रखा है। कहती हैं, उसके प्यार में मीरा की तरह कुँवारी रहेंगी! और हरकतें तो देखो इनकी! मतलब मम्मी-पापा को टा-टा-बाय-बाय बोले अभी घंटा नहीं गुजरा, मैडम जी सुट्टा फूँकने निकल पड़ीं। फिर वापस लौटीं अपने जैसी तीन-चार और 'एक्चुअली यू-क्नो-व्हाट-' टाइप की लड़कियों के साथ, जो उसकी हर दूसरी बात पर औं-औं जैसा कोई साउंड निकाल रही थीं।

पता नहीं क्या-क्या बात कर रही थीं वो। हमको तो सेवेंटी फाइव परसेंट बात पल्ले ही नहीं पड़ी उनकी। ऐसा नहीं है कि वो कोई रॉकेट साइंस

जैसी बातें कर रही थीं। पर लड़की देसी हो या विलायती—उनकी बातों में कपड़े, लड़के, और शॉपिंग का जिक्र न आए, ऐसा हो ही नहीं सकता।

उनकी बातों में कुछ भी देसी-सा नहीं लगा। तुमको पता है, यहाँ कॉलेज में मेरी एक दोस्त के पापा ने उसके बर्थडे पर उसके कपड़े फ्रेंच डिजाइनर से सिलवाए थे। गेस करो कितने का? 5000? अरे नहीं-नहीं, लेवल बढ़ाओ... थोड़ा और गेस करो...10? 15? 50?

भाई साब, दो लाख के कपड़े थे, पूरे दो लाख के!

पप्पा जी साल-भर कोल्हू के बैल जैसा खटते हैं ट्रांसपोर्ट ऑफिस में, तब भी घूस-घास मिला के भी पाँच लाख से ज्यादा नहीं कमा पाते हैं। और यहाँ देखिए...बेटी के बड्डे पर लाखों वारे जा रहे हैं!

उनके ब्रांड के नाम सुनोगे, गोल्डन? सुन के हँसने लगोगे? जारा, गुच्ची, अरमानी...सुन के एकदम-से सकपका गए थे गोल्डन हम!

लेकिन फिर याद आया कि नैन अगर नशीले हों तो सुरमे की लोड नहीं लेनी चाहिए! अदा हो तो लड़की रुपांशी वस्त्र भंडार का सूट पीस पहन के पूरे टाउन को ऑन फायर कर सकती है? अदा न हो तो फिर चाहे कपड़े फ्रांस से आएँ या होनोलूलू से—की फरक पैंदा है! है कि नहीं? है न?

... ...

तुमको पता है गोल्डन, हम यहाँ आए तो पता चला कि अंग्रेजी फिल्मों का हमारा ज्ञान कितना प्राइमरी लेवल का है। बताओ जरा...आज तक हमें यही लगता रहा कि हॉलीवुड में टाइटेनिक वाला हीरो के अलावा और कोई हीरो ही नहीं होता होगा। यहाँ आके हमको पता चला कि हॉलीवुड में भी ढेर सारे हीरो हैं और सबका नाम दी केप्रियो नहीं है। कीनू रीव्स, अर्नाल्ड, टॉम क्रूज, एंथोनी हॉपकिंस...बाप रे बाप...कितने सारे अंग्रेजी हीरो के नाम से कमरा भर दिया था उसने!

'ओ माई गॉड...टॉम क्रूज इज सो हॉट, आई विश...आई कुड फक हिम सम डे' कोई कह रही थी।

हम भकुआइल-सा मुँह लिए सुनते रहे थे...काहे कि हम भी उन लोगन की बात सुन के सीखना चाहते थे, लेकिन ई टॉम क्रूज वाली बात सुनके हमसे चुप नहीं रहा गया। और हमने भी उससे कह दिया कि 'जो स्वैग हमारे सलमान का है, वो क्या किसी क्रूज-बूज में होगा? दबंग नहीं देखी हो क्या तुम?'

सब जोर से हँस पड़ी थीं हमारी बात सुन के, "ओ माय गॉड...ओ माय गॉड...यू रियली फाइंड सलमान हॉट? हाउ क्रैस! रम्या ने हँसते-हँसते कई बार मुझे ये कहा था। उस टाइम तो हम कुछ री-एक्ट नहीं किए क्योंकि हमको क्रैस वर्ड का मतलब ही नहीं पता था। लेकिन कल सोने से पहले जब

हम डिक्शनरी पलटे तो हमें पता चला कि क्रैस मतलब गँवार होता है। हम तो फुल फायर हो गए थे उसी टाइम। मन तो किया कि उसको नींद से जगाकर लगावें दो चमाट, लेकिन इतने बड़े कॉलेज में इतनी छोटी बात के लिए रूम मेट के साथ कोई बवाल करना अच्छी बात नहीं, ऐसा सोच के हमने कंट्रोल कर लिया! गोल्डन, हमको उन लोगों का ऐसे हँसना बिलकुल ही अच्छा नहीं लगा। रो पड़े थे हम अचानक-से। अजीब-सी हँसी थी वो। लगा जैसे दिल्ली और टॉम क्रूज मेरे पटना और सलमान खान को चिढ़ा रहे हों।''

सब अलग है यार, यहाँ! वहाँ हम कुमार शानू और अलका याज्ञनिक को सुनते-सुनते जवान हो गए, यहाँ मेरी दोस्तों के बीच किसी लिंकिन पार्क के चर्चे हैं! हमने पहले सुना तो लगा कि हार्डिंग पार्क की तरह ही कोई पार्क होगा यहाँ दिल्ली में! लेकिन फिर बाद में हमें पता चला कि लिंकिन पार्क चार ठो विदेशी लड़का सब का बैंड है, जिसका गाना सुन के इधर का पब्लिक सब पागल हो जाता है। सिर्फ तुमसे बता रहे हैं—गोल्डन, किसी से कहना मत। आज तक हमको लगता था कि बैंड सिर्फ शादी-ब्याह में गाने- बजाने का काम करता है, लेकिन आज पता चला कि बैंड का असली मतलब क्या है!

गोल्डन, तुम्हें पता है, आज पहली बार उनकी बातें सुन दिल्ली से डर लगने लगा है। पटना में फ्री फंड का भाव भकोसते-भकोसते हम अपने आप को बहुत हाई-फाई समझे बैठे थे। यहाँ आ के लाइफ का पहला झटका मिला है। लेकिन कोई टेंशन नहीं है। महीना-भर में कॉलेज में सबको अपने आगे-पीछे न घुमाया तो फिर अपनी मिस पटना का नाम बदल के रख देना।

हुँह! बड़ी आई सलमान खान का मजाक उड़ानेवाली सब!

खैर, ई सब हटाओ! जो बात है वो ये है कि ई दिल्ली है, पटना नहीं, जो बित्ता-भर में समा जाए। इसलिए अपनी भोकाली को थोड़ा कंट्रोल में रखना। प्लीज! दुर्गा जी की कसम...

आगे क्या होगा हमें कुछ भी नहीं पता। एकदम ब्लैंक हैं हम अभी। लेकिन तुम आ रहे हो तो खुश होने की वजह मिल गई है।

हमको मालूम है कि तुमसे कंट्रोल नहीं हो पा रहा होगा। लेकिन नए शहर में नए जोड़े को जोरा-जोरी करने में थोड़ा तो वक्त लगता है न! इसलिए सब्र रखना। दिलवालों की इस दिल्ली में इश्क करने की जगहें अब शायद ही कहीं दिखती हैं। हम साथ मिल के ढूँढ़ लेंगे...

वेलकम टू डेल्ही, माय डार्लिंग...उम्माह...पुच्चियाँ ही पुच्चियाँ

तुम्हारी
डेजी

हीरोइन के शहर में हीरो

दिल्ली; अगस्त, 2013

डियर डेज़ी

शुभ प्रभात।

बाँके बिहारी की कृपा से हम यहाँ मल्लिका-ए-हुस्न, नूर-ए-नजर, अपनी नूरजहाँ के शहर दिल्ली में लैंड कर चुके हैं। और हमको मालूम है कि तुम हमारे दिए हुए दूसरे धाँसू सरप्राइज से अभी तक खुशी के मारे हलकान होगी। अब क्या करें, रोमांटिक तो हम बचपन से हैं! अब चलो तुमको इस धाँसू सरप्राइज के पीछे का फ्लैश बैक बताते हैं!

कसम से यार, अब क्या बताएँ तुमको, दहल गए हम एंट्री मारते ही। एकदम से हमको तो 'दीवार' फिल्म का ऊ सीन याद आ गया जब मम्मी निरुपमा नन्हे अमिताभ और शशि कपूर को लेके बंबई पहुँची थीं। सिनेमा का सीन जिंदगी के थियेटर में ऐसे धमाकेदार तरीके से हम फील करेंगे, कल से पहले सोचा नहीं था।

मतलब, शहर बड़ा होता है, ये बात तो हम वहाँ पटना से मानकर ही निकले थे, लेकिन अम्मा कसम, एतना बड़ा होगा! उफ्फ! प्लेटफार्म तो चलो अपने पटना से काहे अलग होगा, लेकिन बाहर निकलते ही हमारे दिमाग का हार्ड डिस्क क्रैश हो गया जब सामने से सात-आठ ऑटो वाला भैय्या सब हमरी तरफ ऐसे दौड़ा चला आया जैसे हम सचमुच के शाहरुख हों। नहीं, हम मानते हैं कि शकल से हम कोई मॉडल से कम नहीं लगते, लेकिन इसका का मतलब है कि आपके शहर में कदम धरते ही लाइन मारने लगोगे! लेकिन और जो भी हो, उन लोगों को ऐसे भागते देख, बड़ा वीआईपी टाइप का फील हुआ हमको, काहे कि लाइफ में पहली बार सात आदमी हमारे पीछे भाग रहे थे। अब तुम ऊ रीजेंट सिनेमा वाला मामला मत याद दिलाना। ऊ अलग मैटर था जब टिकट ब्लैक करने के चक्कर में साजिद और उसके सब लौंडे हमारे पीछे भागे थे!

'हाँ भइया, कहाँ जाओगे?'

'ओए, चल ले भाई, इधर हमारी बसंती से, तीन सौ में दिल्ली दर्शन कर ले...'

'आँय भिया, बिहार से हैं, चलिए, सवा दू सौ में दिल्ली दिखाते हैं, कहाँ जाना है, बोलिए तो!'

प्रिय, क्या बताएँ तुमको, हमरे इर्द-गिर्द पूरे नार्थ इंडिया से आए ऑटो चालक अपने-अपने फंडे परोस रहे थे। डार्लिंग, ई देख के हमको एक बात समझ में आई कि गरीब अपना कंट्री भूल जाता है, पर अपना मदर टंग नहीं भूलता!

एनीवेज, हमको जितना लल्लू वो लोग समझ रहे थे, उससे कहीं जादा लल्लू हम उन लोग को बनानेवाले थे। तो हम भी एक मस्त टाइप से गोगल्स चढ़ाके उन लोग के साथ आगे-आगे कदमताल करते रहे। जादा बकबक करनेवाले इनसान को लल्लू बनाने के लिए चुप रहना पड़ता है...तो हम चलते रहे और चुप रहे।

कुछ जो थोड़े कम बेवकूफ थे और जिन्हें नया कस्टमर ताड़ने का हुनर था, वो कुछ मिनटों में कट लिए। लेकिन एक बिहारी जवान आदमी हमारे साथ आखिरी तक कदमताल करते रहा।

'खाली बोलिए न भिया, कहाँ जाना है, अच्छा चलिए, डेढ़ सौ में फाइनल कीजिए, आँय,' वो बोलता रहा।

हमको दिल्ली के बारे में फस्ट ज्ञान तभिए हुआ कि यहाँ चुप रहने से रेट डाउन हो जाता है। और ऐसे भी डार्लिंग, हमें थोड़े न कहीं जाना था कि हम उससे हाथ मिलाते। इसलिए हम आँखों पे चश्मा लगाए, इधर-उधर ताक रहे थे।

चलते-चलते हमें जोरों की प्यास लगी थी। तो हमने उससे पूछ लिया कि यहाँ बिसलरी कहाँ मिलता है।

खिसक के भाईसाब अपने ऑटो में गए, और पानी का बोतल लेके हमारे पास प्रकट हो गए।

'काहे लिए ऊ सब डब्बा वाला पानी में पैसा फूँकिएगा; लीजिए!'

आँख पर गोगल्स चढ़ाए हुए आप दुनिया से अपनी फटी जींस का राज नहीं छुपा सकते! हमको कल पता चला।

हम ठहरे इमोशनल आदमी, पानी पीते-पीते हमारा दिल मेल्ट हो गया। हमने सुना था कि बड़े शहरों में फ्री का पानी भी नहीं मिलता, यहाँ कुछ और सीन चालू था।

'जाना केन्ने है, बताइए न भिया, बोहनी क्रैक करना है!' ओह माई डियर, हमने दिल्ली की सड़कों पे अपनी गलियों का लहजा सुना और सुनते ही सेंटी मार गए।

हम तुरंत करण-अर्जुन, याराना, शोले वाली दोस्ती के मूड में चले गए, और फटाक से उसे इशारा किया कि हे कृष्ण, इस अर्जुन को अपने रथ तक ले चलो। हमने उसे अपनी डार्लिंग का एड्रेस बताया और इस्टाइल से भीतर जा के ऑटो में एकदम चैन से फैल गए।

अंदर का नजारा देख के हमको एक बात समझ में आ गई कि बड़े-बड़े शहरों में छोटे-छोटे शहरों के ड्राइवर चाहे खुद मर जाएँ, लेकिन अपने ऑटो में अपना कस्बा जिंदा रखते हैं! हमारी बाईं तरफ असीन भाभी सल्लू भाईजान से लिपटी हुई हैप्पी दीवाली विश कर रही थीं, और सामने ऐश्वर्या भाभी हाथ में गुलाब का फूल लिए चिपकी हुई पछता रही थीं। दिल्ली जाओ या पटना—वो ऑटो ही क्या जिसके भीतर सलमान न हो!

सुबह-सुबह इस सल्लू भाई के दर्शन कर हम अभी भाव-विह्वल हो ही रहे थे कि ऑटोवाले ने अपनी खैनी रगड़ी, और बगल के ऑटोवाले को 'भक्क साला' बोलता हुआ अपने कॉकपिट में आ गया। ये 'भक्क साला' भी न, बहुत ही कमाल की चीज है—आवारा यारियों में हेल्लो-हाय, टा-टा-बाय, सबको मस्के में निपटा देती है।

तो बस, निकला वहाँ से तुम्हारे अर्जुन का रथ अपनी हीरोइन के कॉलेज की तरफ। सच में यार, एक्साइटमेंट में लगा कि जैसे फीवर ही हो जाएगा; सामने ऊँची, लंबी काँच वाली बिल्डिंग, लंबी झकास-सी सड़क, सड़क पे ऑटो और आँखों में तुम। और उस पर से बिलकुल हमारे जैसे सलमान भैया के भक्त, हमारे सारथि ने माहौल तो तब बना दिया जब गाड़ी खिसकते ही उन्होंने अपने सेक्सी से डेक में वो गाना चला दिया कि 'दिल होके जुदा तुझसे

रह पाता नहीं है, और तुझे न देखूँ तो चैन मुझे आता नहीं है'...बस क्या बताएँ तुमको हम डेजी, पल-भर में हमारे भीतर का शाहरुख मचल-मचल कर बाहर आने लगा। तुम समझ नहीं पाओगी हमारी फीलिंग, होती तब बुझाता तुमको! मन किया, उड़ के पहुँच जाएँ तुम्हारे पास। एनी वे, ये ऑटो था और हमने अपने मचलते दिल को काबू में किया और टुकुर-टुकुर रोड ताकते रहे! दिल्ली का रोड सब भी अलग ही भौकाली है—एक साइड में पटना का आउट गोइंग और इन कमिंग दुन्नो समा जाए!

'तब भिया, पढ़ने आए हैं यहाँ?' उसने पीछे मुड़ के देखा, मुस्कुराया और पूछ लिया। पहली रेड लाइट पहुँचते-पहुँचते ऑटो वाला भैया हमारी चुप्पी से बोर हो चुका था।

'काहे मजाक करते हो, मरदे?' हमने जवाब दागा।

भाईजान शिखर का पैकेट खोलते हुए मुस्कुराता रहा, और फिर दिव्यचूर्ण को मुँह में डालते हुए कुछ कहा जो 'काहे भाई, मजाक काहे करेंगे' टाइप का कुछ सुनाई दे रहा था।

तुमरे ऑटो में ई हथुआ बाजार वाला जीन्स और पचास टकिया गोगल्स चढ़ाके टाँग पसारके भकुआइल पड़े हुए हैं हम और आप जैसा इंटेलिजेंट आदमी ऐसा सवाल करेगा तो मजाके न लगेगा। एतना अनुभवी आदमी हो, हमको कवनो एंगल से देखके लगता है का कि इस शहर में हमरे जैसा आदमी पढ़ने के लिए आएगा?

हमारी बात सुन के ऑटो वाला पीक दबाए-दबाए जोर से हँसा, फिर तंबाकू का एक और पैकेट हमारी ओर बढ़ाया जिसपे हमने उसे 'सॉरी, नो थैंक्स' कहा और फिर पिच्च की आवाज के साथ पीक थूकने के बाद उसने 'होहोहो' टाइप से अपनी खीसें निपोरी।

तब तक दूसरा सिग्नल आ चुका था और हम दोस्त बन चुके थे।

'पटना में कहाँ से हैं, भिया?' गाड़ी आगे बढ़ी और उसने दूसरा सवाल दागा।

'हमने उसे बताया कि हम यारपुर के डॉन हैं,' जिसपे उसने चट से हमसे पूछा कि क्या हम टिंकू शर्मा, रामखेलावन मिस्त्री और बलुआ को जानते हैं?

स्साला, स्माल टाउन आवारा लोगों का प्रॉब्लम ही यही है। किसी भी शहर जाओ, याराना निकल ही आना होता है।

हमने उसे बताया कि बाकी दोनों को तो नहीं, लेकिन टिंकू शर्मा के साथ हम गांधी मैदान में खूब किरकेट खेले हैं। साला, एक नंबर का बेईमान था, आउट होते ही नो बॉल-नो बॉल चिल्लाने लगता था।

हमारी बात सुनते ही, ऑटो वाला थोड़ा और प्रफुल्लित हो गया। दिल्ली

जैसे शहर में पटना के प्रवासी को रोज-रोज छूटे हुए शहर का छूटा हुआ यार थोड़े न मिलता है!

तो बस फिर क्या था...डेक पे 'दिल दीवाना न जाने कब खो गया' बजने लगा। जनाब ने वॉल्यूम बढ़ाया और सीधे मुद्दे पे आ गए।

'तब भिया, दिल्ली आगमन का कोई विशेष कारण?'—उसने आँख मारने की भौंडी कोशिश की, और साइड मिरर में हमारा शरम से पिंक-पिंक हुआ चेहरा देखते हुए हमारे जवाब का इंतजार करने लगा।

पहले हमने सोचा कि इस आगमन के कारण को राज ही रहने दें, लेकिन फिर गाना आगे बढ़ा, वो मुस्कुराता रहा और हमसे कंट्रोल ही नहीं हुआ। अब क्या कहें यार, चलती गाड़ी में अक्सर कुमार सानु हमसे दिल की बात निकलवाइए लेता है।

'कारण का होगा विशेष? गरीब आदमी बड़ा शहर या तो पैसा के लिए आता है या फिर प्यार...हमारा प्यार भी है यहाँ और पैसा भी...धर लिए ट्रेन!'

डार्लिंग, हमको पता नहीं हमारे इस गदर डायलॉग का कितना परसेंट उसको बुझाया लेकिन डायलॉग में प्यार का नाम सुनते ही झट पाँव मोड़ के अपनी सीट पे बैठ गया। बोर होते ऑटो ड्राइवर की पिछली सीट पे बैठी सवारी उससे बात करे और वो भी अपनी लव स्टोरी सुनाए, रास्ता लंबा हो और ट्रैफिक फँसा हुआ हो तो उसका दिन बन जाता है!

'आएँ...सच्च? कस्सम...' उसने पीछे मुड़के मेरे मजे लेने शुरू कर दिए।

'नहीं बे...लाल किला देखने आए हैं' हमने झिड़का।

वो हँसा। हम भी हँस दिए।

'एगो बात बोलें, बुरा नहीं न मानिएगा; जब आप हमको एलएसआर कॉलेज ले चलने को बोले न, हम तबहिए समझ गए थे कि भैया भाभी से मिलने आए हैं!' ड्राइवर साहब ने गाड़ी और हमारे बातचीत के सिलसिले दोनों को टॉप गियर में डालते हुए कहा।

'नहीं...हेहेहे...' हमने झेंपने की भरसक कोशिश की और सामने वाले मिरर में अपना चेहरा देखा। हमने पाया कि शरमाते टाइम हम बिलकुल रवि किशन के जैसे लगते हैं।

'त भिया...नाम का है भाभी का? फस्ट टाइम मिलने आए हैं का? कहाँ से हैं?' सारथि अर्जुन से प्रश्न पूछ रहा था।

हमने एक-एक करके उसके सभी प्रश्नों को डील किया।

कहाँ मिलीं थीं? आई लभ यू कौन बोला था—आप की ऊ...? मतलब फुल मन बना लिए हैं कि बियाह ही करना है? पप्पा जी का करते हैं उनके? नौजवान हमारे इश्क के चैप्टर से एमसीक्यू बना-बना के हमपे दागे जा रहा था।

हमने जितना बन पड़ा उसके हर डाउट को डील करने की पूरी कोशिश की। उसने भी एक अच्छे विद्यार्थी की तरह सर हिला-हिलाकर हमारी हर एक बात का समर्थन किया।

'एक नंबर चीज होता है प्यार! पूरा इंजॉय करिएगा! और कुछ हो न हो, लभ करके इनसान का मूड फ्रेश रहता है।' भाईजान रोड के पार कहीं बहुत दूर ताकते हुए, खोया-खोया-सा लग रहा था। हमने देखते ही पकड़ लिया, भाईजान को हमरी प्रेमकहानी सुनते-सुनते अपनी हीरोइन की याद आने लगी थी।

'आँय भिया...त हीरोइन के हीरो का फर्स्ट टाइम एंट्री हो रहा है और ऊ भी एतना सूखा-सूखा? थोड़ा फिल्मी बनाइए मरदे, बार-बार थोड़े न होगा इ सब करमकांड!'

बस, यही वो मोमेंट था जब हमारे भीतर का सोया-सोया-सा आशिक एकदम से उठके खड़ा हो गया और हमने आपको ये धाँसू सरप्राइज देने का मन बना लिया!

ले तो रहा था वो मजे मेरे, लेकिन इश्क में डूबे हर आशिक के दुनिया ऐसे ही मजे लेती है, सच्चा आशिक वो है जो बिना माइंड किए हुए, आशिकी में समर्पित रहे। ऐसा सोचते-सोचते हम गंभीर चिंतन में लीन हो गए।

बात तो तुम सहिए बोले बे, इस एंगल से हम तो अभी सोचबे नहीं किए थे। अपनी एंट्री में कुछ तो एस्पेशल होना चाहिए न, ताकि आसपास के लोग देख के बोलें—'कि हाँ भाई, एंट्री हो तो ऐसी!'

एक नंबर बात! उसने कहा।

'तो बताओ कुछ आइडिया बे, कुछ ऐसा प्रचंड टाइप का जो साला फिल्मी भी हो और एफोरडेबल भी! हमने चट उससे सलाह माँगी।

तुम मानोगी नहीं डेजी, लेकिन हमरी लभ स्टोरी की धाँसू एंट्री के लिए आइडिया सोचने में भाईजान एतना लीन हो गया कि सामने वाली मारुति भैन से हमारे ऑटो का चुंबन होते-होते बचा।

'अबे देख के बे...तुम तो बाबा सेंटी हो के हीरो को ही ले डूबोगे रे!' हमने उसे चेताया।

'अरे नहीं न, भिया...हम थिंकिंग में थे...भाभी के लिए सरपराइज पिलान करने में—बजट का है भिया?'

उसने पूछा। हमें बुरा लगा। हमने टालना चाहा—'अबे, तुम बजट पे न जाओ बे, खाली कोई धाँसू आइडिया गिराओ!'

'नहीं...उ का है न कि सिनेमा हॉल के भीतर हमहूँ खुद को सलमान समझ अपना बजट भूल जाते हैं, लेकिन हॉल से निकलते ही आम आदमी को सबसे पहले बजट याद आता है।'

हमारे सारथि कृष्ण ने अपने अर्जुन को एकदम गीता टाइप का ज्ञान दिया, उसकी बात में दम था। और हमने अपने जेब का बजट टटोला और पाया समझो, कुल टोटल मिला के तीन हजार। और तब हम अपने कृष्ण की तरफ मुखातिब हुए और हौले से उनको बताया अपना बजट।

'कुल तीन हजार हैं? मतलब टोटल मिला-जुला के? भाईजान ने आँखों को भरसक फैला के करीब ढाई मर्तबा ये सवाल दागा, तब तक, जब तक हमें गुस्सा न आ गया।

'हाँ बे...टोटल...अब तुम टोटल का टेंटुआ छोड़ोगे...आइडिया दो बे...जल्दी।'

अगला सिग्नल आ चुका था। उसने बताया कि ये हमारे सफर का आखिरी सिग्नल था। इसके आधे किलोमीटर बाद हमें आपके कॉलेज के बाहर एंट्री मारनी थी।

ऑटो भागे जा रहा था—साँय-साँय-साँय...वो आइडिया ठेले जा रहा था—'दू चार गो पियरका गेंदा मिलाके गुलाब का फूल के सेट दे दिया जाए? क्या कहतें हैं?'

'भक्क बे! ई सब काम शम्मी कपूर करता था।'

'अच्छा त फूल, चॉकलेट और ऊ का कहते हैं...झबरा भालू जइसा खिलौना, टेडी, लइकी सब को खूबे पसंद न आता है! ऊ लेके चला जाए...बोलिए का कहते हैं...मोड़ें गाड़ी, इधर एक नंबर दुकान सब है! सही रेट लगवा दिया जाएगा।'

'अबे नहीं बे...ई सब काम साला हम क्लास नाइन-टेन में करते थे! कुछ हो...मतलब कि समझ रहे हो न बे...कुछ हो कि याद रखें ऊ...कि हाँ कभी मारा था उनका हीरो उनके शहर में...एंट्री!' हमने उसकी बात काटी।

उसने हमारी तरफ देखा। जैसे कहना चाहता हो, बाप का नाम होरी महतो और बेटा शशि कपूर! लेकिन, भलेमानस ने कुछ कहा नहीं, बस वह मंद-मंद गति से ऑटो हाँकते हमारी समस्या पर विचार करता रहा।

और फिर हमने एक बग्घी देखी। सड़क किनारे किसी बैंडबाजे का दफ्तर था। शाम की बारात से पहले घोड़वा आराम फरमा रहा था।

और हमरे दिमाग में एक धाँसू-सा आइडिया कौंधा! हमने उसके कंधे पर हाथ मारा और गाड़ी रोकवाई।

'एगो बात बताइए भिया, जो कल्पना हमारे दिमाग में चल रही है, ऊहे लाइन पे आप भी सोच रहे हैं का?' उसने मुस्कुराते हुए हमको देखा।

हम दोनों चुपचाप से उतर गए।

'केतना दूर है जी, यहाँ से ऊ कॉलेज?' हमने पूछा।

'जादे नहीं भिया...बस 200 मीटर!' उसने खुशी के घूँट पीते-पीते पूछा!

'का लगता है तुमको, केतना में मानेगा बग्घी वाला?' हमने उसके कंधे पे हाथ रखते हुए पूछा। अब तक तो बड़ा यार टाइप लगने लगा था, सच्ची में!

'चलिए न भिया...भाभी के दर पे भैया का पहिलका एंट्री है...करते हैं बारगेनिंग...' कहते हुए बेचारा भावुक हो गया और डेजी मेरी डार्लिंग, तभी तेरे हीरो को अपनी धाँसू एंट्री का आइडिया मिल गया।

'हाँ जी, भाई साब...बोलो?' अगले ही पल हम सड़क के उस पार खड़े थे और बैंड का उस्ताद हमसे पूछ रहा था।

कृष्ण और अर्जुन दोनों अपने असली रथ के सामने खड़े थे।

'आद्धे घंटे के लिए! बावला है के...आद्धे घंटे के लिए कौन बुक कराता है?' ताऊ जी हमपे भड़क ही जाते, अगर ऑटोवाले भाईजान ने अपनी कातर आवाज में उन्हें हमारी प्रेम कहानी और धाँसू एंट्री वाले आइडिया का किस्सा न बयान किया होता।

'ऊ क्या है न, अंकल जी...इनकी फस्ट एंड लास्ट टाइप की कहानी है...सरपराइज करना था भाभी को...' हमने ऑटोवाले को देखा, हमारी धाँसू एंट्री की पैरवी करते हुए, वह उस वक्त अपनी लव स्टोरी के साइड हीरो जैसा लगने लगा था।

ताऊ जी और पास खड़े उनके मित्र-बंधुओं ने हमारी बातें सुनीं। फिर पेट हिला-हिलाकर, ताली मार-मार कर हमारी हँसी उड़ाई। और आखिर में जब हँसते-हँसते उनका पेट दुखने लगा तो आधा हँसते, आधा हाँफते, ताऊ जी ने हमसे कहा—'हाँ जी राज कपूर साब...बोलो, कितना देते हो?'

हमने उन्हें सुना, फिर एक-दूसरे को देखा। ऑटोवाला हमारा सारथि जेनुइन खुशी में सराबोर हमारे गले लगने-लगने को हो आया। हमने स्थिति सँभालते हुए उसे कंट्रोल किया।

बग्घी, घोड़ा, ताऊ जी और घोड़े वाला सब तैयार थे। हमारी धाँसू एंट्री का सीन अब बस एक बात पे जाके टिका था और वो था हमारा बजट!

पंद्रह मिनट की चिक-चिक, झिक-झिक और हाथ-पाँव जोड़ने के बाद अपनी बारगेनिंग प्रतिभा का पुरजोर प्रदर्शन करने के बाद ऑटोवाले ने मामला 700 रुपए पर सेट करवा लिया। बताओ—बिन दूल्हा-दुल्हन भी बग्घी यहाँ सात सौ में मिलती है!

तो बस डार्लिंग...हमारी एंट्री का धाँसू आइडिया हमें मिल चुका था। इस महान कार्य में हमारे सारथि के योगदान को आनेवाली पीढियाँ कभी नहीं भूलेंगी।

केतना हुआ जी तुम्हारा...' हमने जाते टाइम उससे पूछा था!

'अरे भिया...काहे फोरमेल्टी करते हैं...जो ठीक लगे, दे दिया जाए!' ये

साले छोटे शहर के यार भी न, सेंटी होके अपना बिजनेस भूल जाते हैं!

'अबे अब बोल भी दे, भाई,...हमरे टिंकू के यार हो तुम! नाम नहीं बताया बे?' सौ के दो नोट उसकी तरफ बढ़ाते हुए हमने उससे कहा।

'भिया...लखन...यारपुर में हमरे पप्पा जी का मिल था...पारबती आटा चक्की...देखबे किए होंगे!' उसने कहा।

'एगो बात बोलें बे हम तुमको...आदमी बाइ गाड तुम भी कम आशिकाना नहीं हो! तुमरा ऑटोइए देखके बुझाता है कि बड़ा पुरजोर इश्क करते होगे तुम भी!' हमने उसको जाते-जाते कंपलीमेंट दे दिया!

'का बोलें भिया, बीस के थे...तभिए हुआ था...पूरणिमा से, फिर ऊ बड़ी हो गई...उसका बियाह हो गया हाजीपुर, फिर हम बड़े हो गए...और दिल्ली आ गए! बाकी सब साला हिस्ट्री है और प्यार में सक्सेस न हो तो उसका हिस्ट्री ट्रेजडी बन जाता है। हटाइए ई सब! नंबर ले लीजिए हमरा, कोई टाइप का जरूरत हो तो याद कर लीजिएगा हमको...और हाँ...भाभी को हल्लो बोलिएगा हमरा!' बोलते हुए लखन निकल लिया! हमरी आँखों में एक कतरा पानी और फोन में अपना नंबर छोड़के।

तो बस डार्लिंग...लाख बात की एक बात ई कि घोड़ा रेडी था, बग्घी सजी थी और बाकी सब कुछ जो हसीन ख्वाब के जैसा तुमको फील हुआ है, ऊ तुमसे बेस्ट कौन जानता होगा!

तुम्हारा यार
गोल्डन

बग्घी पे दो बागी

दिल्ली; अगस्त, 2013

गोल्डन,

तुम निरहुआ को इतना सीरियसली क्यों लेते हो बे? हजार बार बोले हैं, हमारे रोमांस में अपने भोजीवुड-बॉलीवुड का तड़का थोड़ा कम लगाओ, लेकिन तुम पता नहीं कौन-सी घुट्टी पी के जन्मे हो जो जब देखो, जहाँ देखो कांड किए फिरते हो! कौन-सी दुनिया में रहते हो तुम—जिसमें तुम शाहरुख खान और स्टेशन पर खड़ा हर दूसरा ऑटो ड्राइवर तुम्हारा सपोर्टिंग कास्ट होता है बे?

चलो, अब आ गए हो तो आ ही जाओ, दिल्ली आकर तुमरे दिमाग पर लगा हर ताला खुल जाएगा—अकेले रहोगे तो असल दुनिया में अपनी औकात का अंदाजा होगा तुम्हें, जिंदगी के कुछ टेढ़े सवालों से उलझोगे—ये सब सोचकर महीनों बाद इजी-इजी-सा फील कर ही रहे थे हम। लेकिन काहे? तुमसे ऊ सब काहे देखा जाएगा? जोंक के जैसा भेजे में घुस के हमारा खून चूसे बिना चैन कहाँ मिलता है तुमको? बिना तमाशा किए तो तुमसे एक्को निवाला नहीं गटका जाता है न? घर पे सारे लफंदरों को छोड़के चले थे बाबू साहेब, यहाँ तुमको कोई न मिला तो ऑटोवाले ने ही तुम्हें जिंदगी की फिल्म में मसाला लगाने की रेसिपी पकड़ा दी। अबकी मूलचंद मेट्रो जाने दो हमको, उस बग्घीवाले को पकड़ के उसका सर न फोड़े तो बेटा हमारा नाम बदल देना!

शक तो हमको तब से ही हो गया था जब ढाई मिस्ड कॉल के बाद भी तुमसे हमारा फोन नहीं उठाया जा रहा था, लेकिन यार एकदम-से आके ऐसा बमफोड़ दोगे राजधानी में, ये नहीं सोचा था। पता है हमको, लोग अपनी जीएफ को सरप्राइज देने के लिए दिमाग का घोड़ा दौड़ाते हैं—लेकिन ऐसे हार्ट फेल कोई नहीं कराता है। ऐसा झटका जो उस दिन तुमने दिया, वो कोई नहीं देता है। इतना जोर का कि दो मिनट के लिए मुँह से आवाज न निकले, माथे पर पसीने की बूँदें चस्पा हो जाएँ और पैर कॉलेज के फ्रंट गेट पर जमे के जमे रह जाएँ। सच कह रहे हैं, एलएसआर की 60 साल की अपनी हिस्ट्री में ये कभी नहीं हुआ होगा! खुद शाहरुख खान भी कभी अपनी गौरी को

पटाने इस अंदाज में नहीं आया होगा एलएसआर। वो तो बस ऑन स्क्रीन बाजीगर है, पर तुम जालिम, तुम अलग लेवल हो। शाहरुख ने 'चूर-चूर नान' के ठेले को पॉपुलर किया। तुमने तो बग्घीवाले की ही किस्मत चमका दी!

अब भी याद करते हैं न जब उस सीन को तो तलवा से लेकर दिमाग तक झुरझुरी-सा कुछ हो जाता है। वो सुबह ही कुछ अजीब थी। क्लास में प्रेजेंटेशन के वक्त जुबान ने बगावत कर दी थी और तुम्हारा नंबर फोन पर ब्लिंक करते ही दिलो-दिमाग ने। एक महीने चौदह दिन बाद मिल रहे थे हम। और इश्क जब पुरजोर हो, महीनों की दूरी सदियों सरीखी ही लगती है न! सच बोल रहे हैं तुमसे, फील आ गया था बाई गॉड, कान गरम होने लगे थे मेरे और कदम बागी! कॉल देखते ही हम फ्रंट गेट की ओर भाग चले थे। रास्ते में न जाने कितनों से टकराते, एटीएम से पैसे निकालती लड़कियों की लाइन को तहस-नहस करते, सफेद-सी बिल्ली के उस मासूम बच्चे को लगभग कुचलते हुए हम भागे चले आ रहे थे—इस उम्मीद में कि तुम इनसानों के माफिक किसी कोने में चुपचाप से खड़े, भीड़ में से निकलकर हमारे आने को ताक रहे होगे।

लेकिन नहीं! ट्रैफिक में फँसी गाड़ियों, सेवपूरी बेचते खोंमचे वालों, गेट पर आईडी कार्ड दिखाती लड़कियों, तोंद हिला-हिला कर हँस रहे गार्ड भैया के सामने तुम सालों से घिसे चले आ रहे शाहरुख खान के पायरेटेड अवतार की तरह बग्घी पर हाथ फैलाए खड़े थे! आई स्वेयर! मान गए तुम्हारे कॉन्फिडेंस को। और केवल हमहीं क्यों, तुम्हारे उस ऐतिहासिक चूतियापे को देखकर वहाँ खड़े हर इनसान के भीतर का सोया हुआ रोमियो जाग उठा होगा। कॉलेज के सामने खड़े दिल्ली के स्टुडेंट्स ने मन-ही-मन खुद को गाली दी होगी कि साला अब तक उनके दिमाग ने घंटी बजाकर ये आइडिया कैसे न दिया, गेट के उस पार, इस पार और गेट की सरहद पर खड़ी लड़कियों में से कितनी तो सुलग कर राख हो गई होंगी। गार्ड अंकल, सेवपूरी और आइसक्रीम के ठेलेवालों जैसे कितनों के लिए दिन-भर के डिस्कशन का मसाला मेरे हीरो तुम तैयार किए ले आए थे!

बिना कुछ कहे-सुने ऊपर खींच लिया था तुमने मुझे। तुम्हारा हाथ है कि लोहे का चिमटा? हम तुम्हारी गर्लफ्रेंड हैं या सीमेंट का बोरा? ऐसे कौन खींचता है किसी को ऊपर कि अगले दो दिनों तक हाथ दुखता रहे? अच्छा एक बात बताओ, कभी ऐसे लम्हों में ऐसा होता है क्या कि सड़कें कोलतार-सी बहने लगती हैं, और उन पर फिसलती गाड़ियों में बैठे लोग और मेट्रो के खंबे किसी खूबसूरत ऑइल पेंटिग के जैसे इर्द-गिर्द बिखरे हुए-से लगते हैं?

कभी-कभी वैसा होता है क्या कि जब जुबाँ से निकल रही तीखी गालियों में भीतर का सारा लाड़ उमड़ जाए, पेट से ठीक ऊपर और गले के ठीक नीचे महीनों का दुख, उस लम्हे की हँसी संग मिल इश्क वाला कॉकटेल बन जाए? मैंने बहुत सोचा—लेकिन मुझे मालूम नहीं कि उस शाम, उस आधे किलोमीटर की दूरी, मुँह फुलाए, सर को तेरे दामन से झटकते हुए, और आँखों से टुकड़ा-टुकड़ा तेरा चेहरा चखते हुए मैंने क्या महसूस किया था—नहीं पता! प्रेम अपने सबसे उदात्त क्षण में महसूसने की चीज थोड़े ही है, पागल! उस दिन आधे किलोमीटर के उस सफर में लाइफ में पहली बार प्रिंसेस जैसा फील हुआ था, यार गोल्डन!

थैंक यू!

... ...

तू जो भी है, ये जैसा भी था—गोल्डन, तूने हजार लड़कियों से बजबजाते इस कॉलेज में अगले तीन या क्या पता अगले कितने और सालों के लिए अपनी डेजी को एक किस्सा बनाके छोड़ दिया है।

बग्घी से उतरने के बाद से गार्ड भैया से लेकर कॉलेज की हर दीवार, हर खम्भे के इर्द-गिर्द झुंड बनाए खड़ी नजरों ने यूँ तरेर के देखा कि भाई साब कलेजा मुँह को आ गया। ऐसा लग रहा था कि हमने इनके बॉयफ्रेंड के साथ बग्घी की सवारी की है। दुनिया के किसी भी 'इज़्म' में ये ताकत नहीं है जो लड़कियों से उनकी खुसर-फुसर करने की आदत को छीन ले। तो हुआ वही जिसकी हमको आशा थी।

'ओ माई गॉड...व्हाट दी फक! इज शी दी सेम गर्ल? डोंट टेल मी! देखकर तो कहीं से नहीं लगता, यार! हिम्मत तो बहुत है, मानना पड़ेगा,' गुजरते हुए एक चश्मिश की चूँ-चूँ कुछ ऐसी थी इस मुद्दे पर।

'यू नो व्हाट? दिस इज सो यूपी-बिहार टाइप्स! ये सब अभी भी नाइनटीज में फँसे हुए हैं। दिस इज सो वीयर्ड! आई स्वीयर, मेरा बॉयफ्रेंड ऐसे करे न तो मैं तो आज ही छोड़ दूँ...' कोई क्रांति कुमारी सामने किसी हुकूमत रानी को यह ज्ञान दे रही थी।

'इनको अभी भी राजा की रानी बनने में ही दुनिया-भर का सुख मिलता है। लेट मी टेल यू, यार, ऐसे तो चेंज आ चुका...' तीसरी तो फेमिनिज्म का क्रैश कोर्स चालू किए पड़ी थी।

सच बताएँ तुमको—हम पर उनकी बातों का कोई असर नहीं हुआ। हम बस मुस्कुराते हुए तुम्हारा चेहरा सीने में लिए आगे बढ़ते रहे। उस वक्त जो मेरे साथ हो रहा था—वो इकलौता था, अनूठा था, और उस एहसास को चखने के सिवा कुछ और करना गुनाह होता। वो लड़कियाँ जो झुंड बनाए

मेरी बग्घी राइड की सोशियो-कल्चरल एनालिसिस कर रही थीं—वो अनजान थीं उस पागलपन से जो हम और तुम उन संकरी गलियों में जीते आए हैं, जाड़े की सुबहों वाली उन बर्फीली बाइक राइड्स के दौरान तुम्हारे कान में फूँकी गईं मेरी बचकानी ख्वाहिशों से, दस रुपए के गन्ने के रस और गोलगप्पों के स्वाद से जो तेरे संग लाखों के लगते थे। इनको अंदाजा नहीं है कि उस दिन, उस वक्त तुम्हारे साथ उस बग्घी पर चलते हुए, हमे आधे घंटे के लिए ही सही, पर यकीन हो गया था कि हम तुम्हारी सेनोरिटा हैं और तुम मेरे राज! ये सब के सब—ये लड़कियाँ, ये लोग, ये बातें, ये तुम्हारा सनकना, ये मेरा बमकना—ये सब कुछ बस यूँ ही था। हवा!

खैर! ये सब सुन के दिमाग बौखलाया तो था ही हमारा, फिर कैफे में बिना अदरक की मशीनवाली चाय के कसैले घूँट भरते हुए, अपना बीपी कंट्रोल में लाते हुए हॉस्टल लौट ही रहे थे कि किसी की पीछे से एक जानी-पहचानी-सी आवाज आई!

'हे! दैट वाज सो क्यूट! आई विश समवन वुड हैव डन दैट फॉर मी! लुक्स लाइक यू आर हिज डॉल! गुड लक मैन!'

ढंग से थैंक्स भी नहीं बोल पाए थे हम उसको, इतने भरे हुए थे हम भीतर से। उस वक्त एहसास हुआ कि इस दुनिया में अब भी कुछ ऐसे लोग बचे हुए हैं जो हमारी-तुम्हारी तरह जिंदगी को समझने में नहीं, जीने में भरोसा रखते हैं।

रूम में वापिस जा रहे थे तो डर लग रहा था कि हमारी रूममेट मैडम जी भी हाउ-हाउ वाले जुबानी तीरों से वार करने को तैयार होंगी। सोच रहे थे कि अब दो-तीन साल तक इस कांड को झेलना ही है तो चलो, क्या फर्क पड़ता है, किसी तरह एडजस्ट कर लेंगे। और फिर एडजस्ट करने में तो हम बिहारी लोगों का कोई जवाब नहीं!

मन-ही-मन में अपनी बेइज्जती के सीन के अलग-अलग शॉट को खुद ही डायरेक्ट करते हुए हम कमरे में एंट्री मारे ही थे कि तुम सोच भी नहीं सकते क्या हुआ! तुमको हमारा वो रूल याद है न जो हम हमेशा दोहराते रहते थे...अरे, वो ही कि कानो में हेड फोन लगाने के साथ ही अपने मुँह पर ताला लगा लेना चाहिए, नहीं तो आपकी प्ले लिस्ट आपकी पर्सनैलिटी का पर्दाफाश कभी भी कर सकती है। इसी रूल को फॉलो करने में चूक हो गई मैडम जी से और उनकी असलियत के पिटारे का ढक्कन ऐसा खुला कि ओढ़ी हुई सारी अकड़ का जुलूस निकल पड़ा। कान में हेड फोन ठूँसकर जोर-जोर से मैडम बारह महीने में बारह तरीके से प्यार जताए जा रही थीं। हमारी तो आँखें फटी रह गईं।

हमको देख के मैडम के कदम थोड़ा ठिठके, सर पर बँधा दुपट्टा सरककर आँखों पर आ गया (जाने झटके की इंटेंसिटी क्या रही होगी) और होंठों पर खिसियाहट के ऐसे निशान कि न उनको कुछ समझ में आ रहा था, न हमें। रूम में सन्नाटा था और हेड फोन के अंदर से सलमान खान चीख-चीखकर बारह महीने में बारह तरीके से प्यार करने का म्यूजिकल डेमो दिए जा रहा था।

मैडम बेड से नीचे कूदीं। लेकिन इससे पहले कि वो झेंपीं और फिर से अंग्रेजी में गिटपिटाना शुरू करतीं, हम बोल पड़े।

'बहन, तुम पहले बोल देती न कि तुमको सलमान इतना पसंद है! एक-से-एक कलेक्शन लाके देते तुमको!'

... ...

उसने दो सेकंड के लिए हमारी तरफ ऐसे देखा, जैसे अभी फट पड़ेगा बम और हम तहस-नहस हो जाएँगे लेकिन भगवान की कृपा थी या मम्मी का आशीर्वाद कि उसकी चढ़ी हुई भौंहों के कर्व्स कब होंठों की हँसी में आकर घुल गए, पता ही नहीं चला। आँखों के इशारों में हम दोनों के बीच सल्लू मियाँ और टॉम क्रूज के बीच की खाई कैसे पट गई, पता ही नहीं चला।

'यार, इन अंग्रेजी गानों पर चाहे जितना गिटार के तारों से छेड़खानी कर लो, बट ओन्ली बॉलीवुड कैन मेक यू गो क्रेजी लाइक हेल! मुझे तो ढिंक-चिका भी उतना ही अमेजिंग लगता है जितना कि लेड जेप्लिंग!' वो अपने बेल्ट को एकदम सलमान स्टाइल में ऊपर-नीचे करते हुए बोली और खिखिया पड़ी।

'वो ही तो...हम सोचे कि...पूरी कंट्री में ऐसी कोई जगह होगी क्या जहाँ सलमान के गानों पे कमर का ईमान न डोला हो! हमने भी कह दी अपने मन की बात और फिर सब आसान होने लगा।

बातों के पन्ने खुलते चले गए और मैडम जी से दोस्ती जैसा कुछ हो गया। सुबह की क्लास के लिए एक-दूसरे को जगाने की जिम्मेदारियाँ हों या एक-दूसरे की बाहर सूखती ब्रा और पैंटी को समेटकर बेड पर फेंकने की आदतें—धीरे-धीरे ही सही, अब सब कुछ पटरी पर आने लगा है। दोस्ती ऐसे ही तो होती है न!

फिर एक शाम कैंटीन की सड़ी-सी चाय को पीते-पीते रम्या ने सवाल पूछने शुरू कर दिए।

'कहाँ से है? कैसे मिले तुम दोनों? पढ़ता था साथ? और ये बग्घी की फैंटेसी भी तुम्हारी थी क्या? हैव यू पीपल डन इट? बग्घी पे किस तो किया होगा न, मैडम? रुका कहाँ है? नाइट आउट लेके चली भी जाओ...ट्रस्ट मी, लूजिंग योर वर्जिनिटी इज गोइंग टू बी दी मोस्ट ट्रेजर्ड मोमेंट ऑफ योर

लाइफ! और ये कुर्ती–वुर्ती नहीं, आई विल टेक यू शॉपिंग! बिच, तेरे लिए 'बेवॉच' अंडर गारमेंट्स लेंगे...सेट हिम ऑन फायर, यार!'

इधर वो बिना मेरे जवाब सुने बोले जा रही थी और हम उसके नाइट आउट वाले सजेशन को दिल से लगाए बैठे अपनी फर्स्ट नाइट के सपने देखने लगे!

... ...

गोल्डन यार! तुम आ गए हो, नूर आ गया है—चलो तीनों मिलकर फिल्म देख आएँ! अबे, सच में! मुझे दिल्ली में सबसे पहले रीगल में पिक्चर देखनी है, और तुम्हारे साथ कनाट प्लेस वाले पार्क के किसी कोने में, बुढ़िया के बाल जैसी मिठाई खाते हुए वही पुराना 'जरा–जरा टच मी, टच मी' वाला गेम खेलना है! लाइफ सही है, यार गोल्डन! इश्क में मकबूल होने के लिए सिर्फ यार का होना माँगता है...और कुछ नहीं!

मेरी बस छोटी–छोटी ख्वाहिशें हैं! काश कि प्यार की हमारी बग्घी को रुपए–पैसे जैसे किसी ईंधन की जरूरत न पड़े। काश कि हमें कभी उस बग्घी से नीचे उतरना नहीं पड़े, काश कि हम दो बागी उस बग्घी पे पड़े–पड़े आनेवाली तमाम शामों को फना करते रहें—लेकिन मुआ ये 'काश'—जिंदगी जब–जब हिलोर मारती है, ये साला काश सपनों के रस्ते में स्पीड ब्रेकर का काम कर देता है।

कल बात करेंगे अपनी रूममेट से। कुछ जुगाड़ लगाएँगे तुम्हारे लिए। तब तक अपना ध्यान रखना, मिलते हैं सपने में, हुमायूँ के मकबरे चलेंगे। पेड़ के नीचे तुम सो जाना मेरी गोद में सर रखकर...

तुम्हारी जान
तुम्हारी डेजी

दिल्ली; अगस्त, 2013

डियर डेजी,

अमित भैया का कहना है कि 'प्रेम सामीप्य जनित भावनात्मक उपद्रव होता है', समझी? नहीं न! हिंदी ऐसे भी कम बुझाता है आज कल पब्लिक को! हमको भी इस लाइन में प्रेम के अलावा किसी भी वर्ड का मतलब नहीं बुझाया, लेकिन चूँकि अमित भैया पिछले छह साल से हिंदी पढ़ते-पढ़ते ढाई मर्तबा कलेक्टर बनते-बनते रह गए हैं तथा प्रेम और युवा मन की कुलबुलाहट संबन्धी विषयों पर वनिता, सरिता, गृहशोभा जैसी मिनी महाकाव्यों का डीप इस्टडी कर उन्होंने मुखर्जी नगर की चाय दुकानों पर अच्छी-खासी पॉपुलैरिटी जमा ली है, तो हमने उनसे ज्यादा जिरह नहीं की। प्रेम बड़ा अल्टर किस्म का व्यापार है, इसमें कुछ भी हो सकता है—कोई देवदास बन जाता है, कोई तुलसीदास। लेकिन हमहूँ बचपन के जिदियाह हैं—कुछ-कुछ होता है देखने के बादे से किरिया खा लिए थे कि चाहे जो हो जीवन में, लभ तो बेट्टा करके रहेंगे! अ देखो मैया के किरिपा से आठ साल में एक नहीं, दू नहीं, सवा दू बार प्रेम हो चुका है हमको!

तुमसे पहले महिंद्रा शो रूम की रिसेप्शनिस्ट निक्की से अगाध प्रेम हुआ था हमें—ऐसा जैसे कि पहले कभी हुआ न हो, ऐसा जैसे कि हर बार होता है, हम पगला गए थे। आदत से मजबूर हैं, माथा पे चढ़ा के कत्थक कराने लगे थे उसको। मैडम ने पहले ढाई महीने—इनकार से इजहार तक वाला साँप-सीढ़ी का गेम खेला, जहाँ उनका और उनके अंडर कवर बॉयफ्रेंड का मूड 98 वाला साँप हुआकरता था और आइडिया का 95 वाला रिचार्ज हमारी सीढ़ी, जिसको करा-करा के हमने फोन पे उन्हें ये एहसास दिलाया था कि कमर से ऊपर वो आयशा टाकिया की तरह दिखती हैं और उससे नीचे किसी उभरती मॉडल की तरह जिसे हम अपने प्रचंड प्रेम के दौरान हाजीपुर के केले के खेतों में तीन-चार बार भ्रमण के बाद जल्द ही किसी नायिका का रूप दे देंगे। फिर एक दिन जिस उपभोक्ता से हम संपर्क करना चाहते थे वो किसी जाहिल-सी छब्बीस तारीख को नेटवर्क क्षेत्र से गायब हो गई और केले के खेतों में जाकर प्राकृतिक प्रेम करने की हमारी चाहत का दी एंड हो गया। हम

अचानक से 'दिलवाले' के अजय की तरह मिमियाने लगे और दिन में चार बार जीता था जिसके लिए सुन-सुन के पागल होने लगे। वो दूर हो गई, वैसे ही जैसे प्रेमिकाएँ दूर होती हैं—और तब से लेकर आज तक हमने न कभी खुद आइडिया का रिचार्ज कराया न किसी और का किया!

चलो थोड़ा और पीछे चलें। इतिहास टटोलें। सन् 2000 में डूबें जब हमरे भीतर का आशिक नदीम-श्रवण की धुनों और महाकवि समीर के लफ्जों के नशे में तारी, मुसल्लहपुर की उस छत की ओर रुख करता था—'तुझे देखें मेरी आँखें, इसमें क्या मेरी खता है, हाल क्या है मेरे दिल का ये तो बस तुझको पता है'! ये ब्रह्म-सत्य नहीं तो और क्या था—जिसे मेरे घिघियाने पर मुकेश का छोटका भाई दिन में तीन बार चला देता था—आरती के लिए! संगीत और विशेष तौर पर ऐसी धुनों में उसकी दिलचस्पी का इससे अच्छा प्रमाण और क्या हो सकता था कि इस गाने को सुनने के बाद से लड़की ने दिन में तीन टाइम, कपड़े सुखाने-उतारने का कारोबार शुरू कर दिया था। हमें तब ही धूप से प्यार हुआ था। धूप तब के बाद कभी नहीं सुहाई। छतों से इश्क की शुरुआत हिंदुस्तानी कहानियों में आम किस्सा है—आम आदमी का इश्क ऐसी आम छतों पे ही शुरू होके एक आम-सी मौत मर जाता है। तो हमारी पहली प्रेम कहानी का श्मशान भी उसी छत को होना था जहाँ लहूलुहान कर देनेवाली सर्दियों की एक शाम हमने भारतीय शादियों में प्रचलित वास्तु कला का नायाब नमूना खड़ा होते पाया—जिसे अपने लंगुएज में मँड़वा भी कहा जाता है। कच्ची उम्र में ऐसा खतरनाक झटका सहते हुए भी हमने अभूतपूर्व मर्दानगी का परिचय देते हुए, अपने तत्कालीन, अब दिवंगत पिता के 'मार लाठी सिसोह देने' तथा 'रगेद-रगेद के जुतियाने' जैसी हिंसात्मक धमकियों के बावजूद मोहल्ले की लोवर मिडिल क्लास शादियों की रॉबिनहुड वाली इमेज के विपरीत जाकर उस शादी में सिवाय मटर छीलने के और कुछ भी नहीं किया था वो भी इसलिए किया क्योंकि मटर छीलते हुए खाना हमें बचपन से बहुत पसंद है।

फिर दो रातें आईं, आम रातों जैसी ही रातें, जिनका मेरे जीवन में कुछेक साल पहले तक घनघोर महत्त्व था, क्योंकि इन रातों में, पास गड़गड़ करते जेनेरेटर और मक्खियों को सिड्यूस करते मरकरी के दूधिया प्रकाश में हमने आरती को घनघोर शारीरिक और सामाजिक यातना के बीच शादी के स्टेप्स उतरते देखा। दादियों और नानियों का एक खूँखार समूह, जनमानस के सिरदर्द को सिरे से नकारते हुए, लोकसंगीत के मानकों की ऐसी-तैसी कर रहा था। 'हम इस दुनिया में और इस शादी में क्यूँ आए हैं' जैसे महत्त्ववाले सवाल का जबाव टटोलते, चाट से लेके दाल के स्टॉलों के बीच टघरते

बच्चे, शहनाई की केंकियाती हुई आवाज को और गमगीन बना रहे थे। नीली, पीली, सुग्गापंखी और टह-टह लाल सलवार कमीज में लिपटी उसकी अनाम सहेलियाँ शादी के अखंड महत्त्व पर न जाने कितने डकारते, पेट सहलाते, हिनहिनाते, मिचमिचाते हुए, टकटकी बाँधकर घूरते हुए मर्दों का विश्वास पुख्ता कर रही थीं। फिर, इन्हीं कारगुजारियों के दरम्यान, हमने आरती को देखा! माथे पर पाव-भर पीले सिंदूर की परत चढ़ाए, फेक होने की हद तक विचित्र रुलाई रो रही थी बेचारी! इसके बावजूद कि यह एक बेहद अनरोमांटिक लम्हा था, हमने एक आखिरी बार अपनी आवारा निगाहों को उस पर भरपूर गिरने दिया, उसकी रुलाई अपनी आँखों में भर ली, हमेशा-हमेशा के लिए, इस गफलत में कि उसकी भें-भें में एकाध कतरा आँसू मेरे नाम का भी बहा होगा।

गलतफहमी, रोमांस की अम्मी है।

फिर वो दूर हो गई...हमने दूर होना, पहली बार उस कँपकपाती सुबह ही जाना था। मेरे ज्ञान पर भरोसा करो तो उत्तर भारत में लड़की की विदाई निहायत ही इमोशनली कन्फ्यूज्ड गतिविधि है, जिसमें रोनेवाले को कितना और कैसे रोना है, इस बात की जानकारी नहीं होती है। मेरा मानना है कि लेडीज संगीत की तरह वधु पक्ष को इस रस्म का भी रिहलसल करना चाहिए जिससे शादी के विडियो में खुद को देखकर दुल्हन अच्छा फील कर सके। उसकी विदाई भी कुछ ऐसी ही थी—लड़का सेंटी होने की भोंडी कोशिश करता हुआ रह-रहके ड्राइवर से सटा जा रहा था, आरती की अम्मा और रातवाली संगीत शिरोमणि दादी-नानियों का जत्था आरोही-अवरोही सुरों में तरह-तरह से रो रहा था, आरती को हम फुल फिगर देखे नहीं, लेकिन इतना पता है कि साड़ी और जेवर में लकदक करती पारंपरिक दुल्हन की आकृति में रोने, हिचकियाँ लेने और बचे-खुचे विधियों को पूरा करने में बिजी रहने से उसने सुबह ब्रश नहीं किया होगा, किसी ने भी नहीं किया था। बासी मेकअप में चेहरा अजीब दिखता है न रात भर के जागरण के बाद!

हम वहीं खड़े आइसक्रीम वाले को लाइन पे ले रहे थे। साला कंकरबाग का लोकल आइसक्रीम 'क्वालिटी' बोलके बेच रहा था। तीन पेटी का पैसा लेके एक ही में बराती-सराती सब को निपटा दिहिस! आरती की कार खिसकने लगी थी, 'अब चलो, बला निपटी' वाला चैन मोहल्ले के कई चेहरों पर चमकना शुरू हो रहा था। और ऐसे में हमने आइसक्रीम वाले को भरमुँह का झापड़ दे मारा था। स्साला, भक्क से खून फेंक दिया था मेरे हाथ

से। वो जा रही थी...उसको जाते हुए देख हमने खून बहता छोड़ दिया—साला, इश्क में मार खाए हीरो टाइप से फील होने लगा था उस वक्त हमको! बाई गॉड, जो भी हो, दूर होने से डरना उस सुबह ने ही सिखाया था हमको।

... ...

डेजी, ई गलत बात है। ई बहुत गलत बात है, तुम बोर बहुत जल्दी होती हो। नहीं पढ़ रही हो न तुम। काहे हमको अभी ऐसा लग रहा है कि तुम इस गंभीर किस्सागोई से बोर होकर अपनी रूममेट के साथ बकबक अथवा मोबाइल में अपनी ही सेल्फी को तीस तरह से लेने जैसा कोई फालतू काम करने में तल्लीन हो। तुमको हमारे पास्ट में पता नहीं क्यूँ कोई दिलचस्पी नहीं। लेकिन इतना जरूरी था तुमको बताना—कि बेबी, आई हेट...दूरियाँ!

एक महीना, चौदह दिन—बस इतना ही! किसी तरह रो-गा के काटी थीं तुम्हारे और अपने बीच की दूरियाँ, नेटवर्क और मोबाइल फोन के सहारे। फिर माथा घूम गया। पूछो क्यूँ? क्योंकि हम तुमरे जैसा इम्तियाज अली की फिल्में नहीं देखते हैं, क्योंकि हमको 'लव आजकल' पसंद नहीं है, क्योंकि हम ठहरे मिथुन चक्रवर्ती, सुनील शेट्टी टाइप आशिक जिसके लिए इश्क बड़ा ही सीधा सिंपल-सा कारोबार है, जिसके लिए इश्क दूरियाँ मिटाने के लिए होती हैं, उन्हें जीने के फरेब में रोज-रोज मरने के लिए नहीं।

तो हमने धर ली ट्रेन...आ गए यहाँ इस शहर में, तुमरे पास, जीने के लिए, तुमको। फिर तुम मिली। कॉलेज के बाहर। सच कहें। एक्के महीना में, सूख गई थी तुम। अंगूर आई थी, किशमिश बन मिली हमको। डेजी यार, तुमको देखते ही हमको ये एहसास हुआ कि इस एक महीने में तुम में कुछ मूलभूत बदलाव हो गया है। तुम्हारी आँखें अब मेरे पार देखने लगी थीं। तुम उस वक्त बग्घी को देख रही थी, घोड़े को देख रही थी, घोड़ेवाले को देख रही थी, पर हमको नहीं। ये दिलचस्प नहीं था। तुम घबराई हुई थी या शरमाई हुई या कन्फुजियाई हुई—हमें नहीं मालूम, पर डेजी उस वक्त तुम हमारी वाली डेजी नहीं थी। इश्क में होते हुए हमने सोचा कब था? शायद कभी नहीं? इश्क में हमें आखिरी बार शर्म कब आई थी? कभी नहीं। लेकिन उस दिन तेरे कॉलेज से उस बग्घीवाले के दफ्तर तक, घोड़े की टक-टक, टक-टक और तेरी अंग्रेजीवाली उस 'व्हाट द फक' वाली फुसफुसाहट के अलावा कुछ भी तो नहीं सुना था हमने, डेजी! हमने पहले भी घंटों गुजारे हैं चुपचाप से लम्हें, शरीर के तिलिस्म में या एक-दूसरे की गंध में खोए हुए, उहूँ-उहूँ और हूँ-हूँ जैसी सारगर्भित ध्वनियों के बीच—लेकिन ये चुप्पी कुछ अजीब थी प्रिये, कुछ दिल्ली जैसी—अनजानी। इस चुप्पी में दूरियों की आहटें थीं...थीं न?

वहाँ से निकलने और फिर तेरे संग तेरे इस शहर में भटकने में कुछ भी नया नहीं था। इश्क हो, हाथों में जीएफ का हाथ हो तो शहर बेचारे की क्या बिसात? हर सड़क एक सवाल है, हर गली एक खतरा। फिर भी डरना क्यूँ? तुम हमको एक जैसी सड़कों के अनेक नाम बतला रही थी। धुआँ पी हुई उजली-सी इमारत को कनाट प्लेस बोल के एक जोड़ी सैंडल, चालीस-पचास साल पुराने बूढ़े से सेकेंड हैंड इंग्लिश नावेल और दो कप कॉफी में डेढ़ घंटे खरचने के बाद डेजी तू अचानक से समझदार दिखने लगी थी और तू जब समझदार होती है न, माँ कसम, बड़ी खूँखार लगती है! इससे पहले कब हमने इतना वक्त ऐसी फिजूल की चीजों में जाया किया था। तू समझ रही थी, सबकुछ। तुझे सब पता चल रहा था—टेबल के नीचे हमारे पैरों का मचलना, मेरी उँगलियों का अचानक से तेरी गोद में कोलंबस हो जाना! लेकिन तू समझदार बनी बैठी रही। कैसे हो? ट्रेन कितने घंटे लेट थी? बिना टिकट रेल यात्रा करना कितना गलत है—इस शहर का अगस्त भी मुआ कितना गरम होता है, जैसे मसलों पर अपनी टिप्पणियाँ टपकाती रही। कमबख्त, तुझे अगस्त की पड़ी थी, यहाँ हम तुझे देख-देख के मई हुए जा रहे थे। डेजी, हुआ क्या है? किसका असर है ये?

वो तो कहो कि अपने भीतर की शरम को हमने कक्षा तीन में ही घोर के पी लिया था...कि तेरा हाथ पकड़ के निकल लिए वहाँ से, किसी मुफीद कोने की तलाश में, वरना तो तेरे बोंल-बचन सुन-सुन के मेरे भीतर का रोमियो मुरझा ही गया था।

... ...

डेजी...मुझे चुम्मा लेना था तेरा—एक खाँटी पुरजोर चुम्मा...जो मेरे भीतर सब ठीक कर देता! तुम्हारे बेपरवाह से लफ्ज, मेरा बेपरवाह-सा जिस्म, तेरे भीतर का लड़का, मेरे भीतर के लड़के—इन सब का बस एक इलाज है—हमारा चुम्मा!

हम सड़कों पे थे—लोगों, आशिकों, मर्दों और औरतों के बीच—शहर के बीच...लेकिन बीच में रहना किसे था! हमें हमारा कोना चाहिए था न, डेजी! तुम भी बकलोल हो एकदम, बिलकुल। फोन पे बड़ा मुझे डीलिंग देती रहती थी—रेकी कर ली है मैंने, खोज लिया है अड्डा। सब झूठ! तुझे कुछ पता नहीं था। ये शहर तेरे लिए भी उतना ही अनजान था, जितना मेरे लिए। तू उतनी ही बदहवास थी न, जितना कि मैं! मुझे पटना याद आ रहा था और शायद तुझे भी...हमें छत चाहिए थी। एक अदद फर्श चाहिए था। लेकिन यहाँ मजबूरी थी। और मजबूरी में तू अजीब-सी हौट लगने लगी थी। हम साथ हो के भी आधे थे। लेकिन ये जो कुछ भी था, पूरा था। पाँच परसेंट नरभस

तेरे शहर ने कर दिया था, पाँच तेरी समझदारी ने। लेकिन बावजूद इसके हम चल रहे थे, तेरा हाथ थामे, ठीक वैसे ही, जैसे बचपन में बखोरापुर मंदिर जाते वक्त हम अम्मा का थामा करते थे। अनजान शहरों में अक्सर हाथ थामे महबूबा माँ हो जाती है!

दिल्ली का सूरज बड़ा बेरहम है यार...शाम उतर ही नहीं रही थी! लेकिन शाम हो रही थी। तुझे जाने की क्यूँ पड़ी थी? तुझे जाना था ही नहीं। लेकिन तू हर पाँच मिनट पर जाने-जाने जैसा कुछ हो रही थी। लौंडों की प्रेम कहानियों में गर्ल्स हॉस्टल और हॉस्टल की वार्डन ने हमेशा खलनायक का किरदार निभाया है। मुझे उन दोनों पे पुरजोर गुस्सा आया था। तेरी सड़ी हुई-सी वनिला आइसक्रीम, घंटे-भर में दो बार खा चुके थे हम...और ऐसे में गुस्सा तो आना ही था...

डेजी, हमको दूरियों से डर लगता है। मालूम है न। फिर उस शाम, कुछ भी तो नहीं मालूम था हमें सिवाय तेरे होने के। लेकिन तू सब कुछ जान-समझ के मुझे घड़ी दिखा रही थी। ऐसे जैसे कुछ हो ही न रहा हो। डेजी, मेरी फट रही थी क्योंकि तेरा तो चलो कोई ठिकाना था; मैं लाइफ में फर्स्ट टाइम बेघर हुआ था...तेरे लिए। सर पर छत का होना—न होना कैसा होता है, उस टाइम मेट्रो के बाहर कोई मुझसे पूछता। तुम्हारे जाते समय। डेजी, मेरे आने के दो-ढाई घंटे बाद हम फिर दूर हो गए थे। तूने जाते-जाते मुझे गिनकर तीन विजिटिंग कार्ड, चार एड्रेस, और बीस सलाहें दी थीं। इस नंबर पे कॉल करके मिस्टर फलाना से बात करो, उस नंबर पे मिस फलानी मिलेंगी। तुमको पता है—बकैती करते वक्त तुम जोकर लगती हो! लेकिन सच कहें? उस टैम, हमें न नौकरी चाहिए थी, न कोई छत। डेजी, मुझे तेरा चुम्मा पहले चाहिए था—जो तेरे शहर और इसकी भीड़ ने मुझे मिलने न दिया।

फिर तुम चली गई थी...ऐसे चली गई थी तुम...ऐसे जैसे कुछ हुआ ही न हो...ऐसे जैसे जाना शायद कुछ भी न हो! हम एक शहर में ही तो थे! एक आसमान के नीचे। लेकिन तेरे जाते ही, मेरे ऊपर से इश्क का मुलम्मा ऐसा उतरा, जैसे दिल्ली की धूप में पेंट। लगा जैसे एकदम से, जिंदगी आके 'हेल्लो हाउ डू यू डू' कर रही हो हमसे।

हमने करीब दस मिनट तक लोगों, सड़कों और गाड़ियों और शहर को ताका। डेजी इस शहर की गाड़ियाँ भी मेरी किस्मत की तरह हैं—अमूमन सब की सब ठुकी हुई हैं पीछे से। यूँ ताकते रहने से जीवन में कोई क्रांतिकारी परिवर्तन नहीं आता देख हमने, तेरी अक्लमंदी का जैकारा लगाते हुए, तेरे दिए हुए कार्ड को अपनी जेब से बाहर निकाला। और फिर उन दोनों नंबर पर एक-एक बार घंटी घनघनाने के बाद हमने तेरी अक्लमंदी और भलमनसाहत

का एक और बार जैकारा लगाते हुए फोन वापस अपनी जेब में रख लिया। डेजी, तू सच में कितनी क्यूट है बे! तुझे क्यूँ लगा था कि अपनी सहेलियों से मिले तेरे दो विजिटिंग कार्ड पर कॉल मिलाते ही तेरे रोमियो की लाइफ सेट हो जाएगी?

शाम आखिरकार होने लगी थी...और डेजी, अच्छा नहीं लग रहा था बिलकुल। दुखी होना अपनी फितरत में नहीं, लेकिन तेरे शहर की डेढ़ सौ रुपए वाली कॉफी और ठुकी-ठुकी गाड़ियों को देख के लाइफ में पहली बार अपनी हैसियत पर लाइट पड़ता महसूस हुआ। कदम यूँ पहले कभी ठिठके-ठिठके से नहीं थे। सामने कोई पार्क था, जहाँ शहर-भर के बेरोजगार और रोजगार से थके हुए—सब लुढ़के पड़े थे। हमने उस ओर रुख किया। इस भीड़ में सबसे खुशनसीब जमात हमें टेम्पोवालों की ही लगी—जो अपनी जेबों में हाथ डाल चैन से खुजलाते-सुस्ताते सवारियों और राहगीरों को ताड़ रहे थे।

हम पुरजोर तरीके से फ्रस्टेट हो चले थे। तुम्हारा कॉल आया था। तुमने अपने पहुँचने की खबर देते हुए, मेरे अब भी वहीं भकुआए पड़े होने पर लानतें भेजी थीं। फिर तुमने फोन काट दिया था। ये सब कुछ पहली बार हो रहा था। हमारा गला मुँह को आ रहा था...और तभी हमने जाना था कि पांडे मास्साब से सुने मुहावरे सौ टका सटीक थे। इनसान दुनिया के सारे मुहावरे रोटी, कपड़ा और मकान की तलाश करते-करते जी लेता है।

और देखो न, तभी हमारा सारथि कृष्ण उर्फ लखन अचानक से किसी देवदूत की तरह पार्क के बाहर, मुँह फाड़कर जम्हाई लेता हुआ हमारा नाम पुकारता हमें सुनाई देने लगा था। और डेजी, चौबीस घंटे में पहली बार तेरे शहर में हमें कुछ अपना-अपना सा लगा था। कहने के लिए बहुत कुछ नहीं है ज्यादा...ये शहर हर दिन अलग-अलग तरीके का बाउंसर फेंके जा रहा है हमपे, लेकिन फिकिर नहीं क्योंकि डकने में हम बचपन से ही एक्सपर्ट हैं! मन लगा के पढ़ो बे डेजी—एगो वही चीज है जो इनसान को इनसान से अलग करती है! समझते हैं हम भी

तुम्हारा एंड फारएभर
गोल्डन

अनारकली डिस्को चली

दिल्ली; सितंबर, 2013

डियर गोल्डन,

कितना चीजी लिखते हो बे तुम ? सही बात भी पढ़के पक जाए इनसान। एक तो मुझे तेरी मेलोड्रामेटिक प्रेम की पुरातन कथाएँ जानने में उतना ही इंटरेस्ट है जितना अपनी भागलपुर वाली बुआ में, दूसरे तू दिल्ली आते ही वीयर्ड हो चला है। ठरकी-सा हो गया है। अब मुझे नहीं पता कि तेरे इस शक्ति कपूरीय ठरकीपने के पीछे नए शहर में आने की नर्वसनेस है या कुछ और...बट, बेबी कंट्रोल!

यार, ये एलएसआर हमारे इश्क को खा जाएगा एक दिन। मतलब, कुछ तो बदल रहा है जो तुझे भी समझ आ रहा होगा। मैं अब भी वेट करती हूँ तेरी ग्यारह बजेवाली मिस कॉल का, मेरी डेढ़ बजे रातवाली फैंटेसी में अब

भी तेरा पसीने में भींगा चेहरा और छाती के गिने-चुने अधउगे बाल आते हैं—लेकिन गोल्डन, झूठ नहीं बोलूँगी तुझसे, अब ये इश्क मुझे रोजमर्रे के जैसा लगने लगा है—जैसे कि सोना, जैसे कि जागना, जैसे कि बस...होना! और दो बॉयफ्रेंड टहलाने के बाद इस बात को मैं मान चुकी हूँ कि इक्कीसवीं सदी में रिलेशनशिप 'जान' से शुरू होके 'जानू' होते हुए 'जानवर' पर ठिठक, 'जा मर' पे जा के खतम होता है। खुशी इस बात की है कि जानू, हम अब भी जानूवाले स्टेज पर हैं। कांग्रेट्स!

लेकिन ये सब कुछ जो भी है—कोई अच्छा सिग्नल नहीं है। मैं सवाल पूछने लगी हूँ खुद से—अपने बारे में, अपने मकसदों के बारे में, हमारे बारे में, तुम्हारे बारे में। और इश्क में लड़की सवाली हो जाए तो मर्द को बहुत दर्द होता है। मुझे इन सारे सवालों से डर लगता है क्योंकि इनका कोई जवाब नहीं है। लेकिन तुम्हें इतना बताना जरूरी है कि तेरी अनारकली लाइफ में फर्स्ट टाइम सवाल पूछने लगी है।

अपने बारे में मेरा आइडिया यही है कि मुझे कोई आइडिया नहीं है कि अपने बारे में मेरा क्या आइडिया होना चाहिए। इतनी बातें करती हैं सब यहाँ पे—द आइडिया ऑफ इंडिया, द आइडिया ऑफ पावर्टी, द आइडिया ऑफ वुमन, द आइडिया ऑफ विलेज, द आइडिया ऑफ आइडिया—स्साला, ये भी क्या लफ्ज है यार आइडिया, अब तो नफरत हो गई है मुझे इससे! घंटा किसी को कुछ आइडिया है किसी चीज के बारे में, लेकिन जब देखो, जहाँ देखो, जिधर देखो—लोग आइडिया की घंटी बजाए हुए हैं! मैं भागना चाहती हूँ इस ज्ञानी भीड़ से, जिसमें हर कोई अंग्रेजी हिंदी में मिला-मिला के परोस रहा है किसिम-किसिम का किस्सा—जो सच और झूठ के बीच कहीं फँसा हुआ है। लेकिन फिर भागते-भागते एहसास होता है कि ये सब कुछ जो भी है, दिलचस्प है। हम बात करते हैं, गोल्डन, ढेर सारी बातें जिनके सिरे कहीं से शुरू हो के कहीं भी जा मिलते हैं—बातें जो अपने शहर और उसके घोंसले में हम चाह के भी कभी नहीं कर पाते। हम कर लेते हैं भद्दे मजाक एक-दूसरे के बॉय फ्रेंड्स के फिगर और जिगर के बारे में, हम झूठ-मूठ में गुस्सा करते हैं और बक देते हैं गालियाँ काल्पनिक मर्दों के किसी समूह को, जिसके बारे में यहाँ बहुत लोगों को ऐसा लगता है कि दुनिया की आधी से ज्यादा प्रॉब्लम्स सिर्फ उन्हीं की वजह से है। कभी-कभी, बियर की दो बोतलें गटकने के बाद हम में से बहुत को संजीदा होके दुनिया की तमाम प्रॉब्लम्स पर लबड़धोधो करने का मन करता है और तब बोको हरम के आतंकवादियों से लेके सारंडा के नक्सल हमारे कमरे में कूद आते हैं...हमारे बिस्तरों पर लेटे टेडी के साथ लेटा रहता है बूढ़ा दढ़ियल कार्ल मार्क्स, जिसके बारे में मुझे

आशा ही नहीं पूर्ण विश्वास है कि तुम घंटा कुछ नहीं जानते होगे—और तब हम यूँ ही उबलने लगते हैं...सुलगने लगता है हमारे भीतर का लावा जो घंटे-भर बाद तुम्हारे और तुम्हारे जैसे तमाम आशिकों के कॉल की घंटी सुन शांत हो जाता है। 12 बजे के बाद संसार की तमाम समस्याओं को 'टाइम से' बोल कर, मेरी जैसी कई वीरांगनाएँ आशिकाना होने की कवायद में फोन से चिपक जाती हैं।

गोल्डन, एक बात बोलूँ। बुरा मत मानना। मानोगे, पता है क्योंकि तुम एक घनघोर रोमांटिक प्रजाति हो। बट यार, इश्क में होना भी न, एक बहुत बड़ा मिथ है। मतलब यार, हर जगह ऐसे ही जा रहा है न? हर टाइम इश्क में कैसे हो सकता है? आई मीन, फोन पे, साथ में, बिस्तर पर, बाइक पर—चलो माना, मैं इश्क में होती हूँ। पर कॉलेज की चहारदीवारियों में अपनी रूममेट के साथ वर्जिनिया वूल्फ को पढ़ते हुए, क्लास के लेक्चर में पिछली बेंच पे बैठे पेन फाइटिंग खेलते हुए, रात ग्यारह बजे शिल्पी 'दी के कमरे में उनकी कुर्ती देख के ठंडी आहें भरते हुए—नहीं, मैं इश्क में नहीं होती हूँ। तुम भी याद करो वे तमाम काले कारनामे जिन्हें तुमने अंजाम दिए हैं मेरे बिना! तब तुम थे क्या इश्क में? नहीं न? तो फिर अब इतना क्रीपी क्यूँ साउंड कराना अपने प्यार को, यार? तेरे डायलॉग्स सुन के गोल्डन, माँ कसम, अब पेट में अपच होने लगा है। एक लेवल नीचे आ जाओ न। मैं कहीं भागी थोड़े न जा रही हूँ! बट, प्लीज गेट आउट ऑफ योर सुनील शेट्टी एंड नाइनटीज मैडनेस!

गोल्डन, मैं क्या बोल रही हूँ, यार, फ्रैंकली मुझे भी नहीं पता है। आज रम्या के साथ हम प्रिया गए थे घूमने। मैन्चेस्टर यूनाइटेड फिर से जीत गया है। उसकी जान बसती है इस क्लब में...लिहाजा वो पार्टी दे रही थी। हमने दबा के बियर पी। तुम मानोगे नहीं, बट, हम तीन लड़कियों ने मिलकर आठ बोतल कार्ल्सबर्ग गटक ली है। मुझे पहली बार दिल्ली शहर सेक्सी-सा लग रहा है। हमने मूवी देखी, बिलकुल आगेवाली सीट पर बैठ कर—फुल सीटी मारी—मैंने अदिति और रम्या दोनों को मवाली सीटी मारना सिखाया। कमबख्त दोनों से नहीं हुई। प्रैक्टिस चाहिए होती है न! रम्या तेरे बारे में पूछ रही थी। मैंने हल्का-फुल्का आइडिया दिया उसे। उसने कभी बुलाया है तुझे...

रास्ते में लड़कों को हमने घूरते हुए पाया। वो हमसे ज्यादा डरे हुए थे। रम्या का कहना था—बेचारे आईआईटी वाले होंगे। अदिति तो आउट ऑफ कंट्रोल हुए जा रही थी। मुझे ये सब कुछ वाहियात लगा। मुझे ऑटो में बैठे-बैठे सड़कों को चक्के की रफ्तार तले बहते हुए देखना बड़ा मस्त लग रहा था। रास्ते में पप्पा जी का कॉल आने लगा था। मेरी फट गई थी। इस गंभीर संकट पर अदिति ने मुझे सेल ऑफ करने और रम्या ने 'टेक इट इजी' की

निहायत ही कंफ्यूजिंग-सी सलाह दी। पप्पा जी भी न, एक कॉल न उठाओ तो फिर चेंप ही हो जाते हैं। हॉस्टल पहुँचते-पहुँचते तक दस मिस कॉल जड़ दिए थे।

लेकिन बाई गॉड, आज लाइफ में पहली बार उनसे बात करके मजा आ गया। अब ये बियर का सुरूर था या कुछ और, पता नहीं, लेकिन आज हम उनके हर सवाल पे फाँय-फाँय जवाब दे रहे थे। बिट्टू को फोन दीजिए तो—कहके हमने उनसे पीछा छुडाया, बिट्टू बेचारा फँस गया था हमारे चक्कर में। आजकल रात में लड़के का फोन बिजी जाने लगा था तो हमने इन्क्वारी शुरू कर दी! दीदी-दीदी करके मिमियाने लगे थे जनाब। मम्मी से बात करते-करते चुप हो गए थे हम। उसकी चुप्पी ने नशे की सारी रेड़ मार दी। फोन रखा और आईने में खुद को जी भर देखा। तेरी याद आई...सोचा फोन करूँ, फिर बारिश आ गई। हम सब भींगने लगे थे। तुझे एक पिक भेजूँगी। पहले प्रॉमिस कर, तू अपने लफंगे दोस्तों के बीच प्रसाद की तरह नहीं बाँटेगा उसको। रम्या बोलती है कि उस पिक में डेनिम शॉर्ट्स और ब्लैक टी में कंटाप लगती हूँ मैं—'सेक्सी एंड आई क्नो इट' टाइप की। भेजूँगी तुझे व्हाट्सएप्प पर और साले इस बार जो तूने इसे पटना पार्सल किया न, माँ कसम, काट दूँगी!

... ...

वू!!! रेन डांस करते-करते हम पागल हो गए थे। 'छोड़-छाड़के अपने सलीम की गली, अनारकली डिस्को चली'—इतना नाचा, इतना नाचा कि झमझम बारिश में अपने तन पर पसीने की गर्मी फील होने लगी थी।

इस जमाने में फेमिनिस्ट एंथम जैसा अगर कुछ है, तो बस यही गाना है। बाल सुखाते-सुखाते प्रज्ञा ने बाथरूम के बाहर डिबेट चालू कर दिया था जिसमें शरीक होने के लिए कुछ बालाएँ, जिन्हें बारिश में भींगने में कोई दिलचस्पी नहीं थी, फट्ट से टपक गईं। मुझे उबकाई-सी आ रही थी। बियर और मेरे ठुमकों का कॉम्बो अब अपना कमाल दिखाने लगा था। सर घूमने लगा, चक्कर-सा आने लगा। कभी तेरा चेहरा दिखता, कभी रम्या का, कभी दोनों का एक साथ एक फ्रेम में! मैंने पाया कि मैं गर्ल्स टॉयलेट के पॉट को पकड़े उल्टियाँ कर रही हूँ। मस्स्त फीलिंग थी बाई गॉड! बड़ा अच्छा लगता है जब आपको उल्टी आते-आते आए, एकदम अचानक से। खुल के करो। बस इस बार पीठ पे किसी का हाथ गायब था। बड़े शहरों में नशे में की गई उल्टियों को सहलानेवाला कोई नहीं होता, मुझे कल पता चला।

बमक रहे हो न तुम अभी हम पे ? बमको। बस, ई सब मत पूछने लगना कि काहे पी दारू और काहे गई बाहर। चीप लगता है एकदम-से। यहाँ कोई

नहीं पूछता ये सब! इस बात के लिए झगड़ा करोगे तो पहले बता देते हैं, कोई सुनवाई नहीं होगी। बूझे?

लेकिन, गोल्डन...तुम पूछो न पूछो, हम खुद पूछ रहे हैं खुद से कि ऐसा, और वो भी इतनी जल्दी, हमने क्यों किया! नहीं, कोई प्रॉब्लम नहीं है हमको। चलता है इतना, मन बना के आए थे पटना से कि करना है। लेकिन अब जो ये किया तो पता चला कि भीतर ही भीतर एक महीना में साइको होने की राह में आगे बढ़ चुके हैं हम।

मुझे क्या करना है लाइफ में? ये सवाल हद्द चेप है, बिहारी आशिकों से भी ज्यादा। जितना झटको, हर रात मेरे सिरहाने आके हेल्लो—हाय करने लगता है। और सच पूछो तो हर सवाल की तरह इस सवाल के बारे में भी एकदम क्लूलेस हैं हम। पप्पा जी पगलाए हुए हैं वहाँ पटना से कि अभिए ज्वाइन कर लो वाजीराव वाला आईएएस कोचिंग—रोज रात को हनुमान चालीसा के जैसा सिविल सर्विसेज का सिलेबस टर्रटराते रहते हैं और हम रोज सुनके अपना सर धुन लेते हैं। गोल्डन, एक महीने लेक्चर झेल-झेल के हमको फुल एंड फाइनल बुझा गया है कि बेटा और कुछ हो न हो, ई सिविल सर्विस का चुतियापा हमसे न हो पाएगा। बारहवीं का पेपर एक बात थी और अब की पढ़ाई दूसरी। मुझे पढ़ाई नहीं करनी। कॉलेज के लेक्चर कोरे बकवास हैं—घास उखाड़ लो, इनसे बेहतर है। मेरी एनसिएंट हिस्ट्रीवाली मैम को देखो तो लगता है कि पता नहीं उन्होंने कितने सालों से अपने पति से सेक्स नहीं किया है! चेहरे पे मनहूसियत पोते बेचारी बिंदुसार और बिंबिसार में कन्फ्यूज हुए रहती हैं। झल्ली, अपने मॉडर्न हिस्ट्री का गुस्सा इंडिया के एनसिएंट पर उतार देती है!

सब कन्फ्यूज है यहाँ—या फिर मैं ही कन्फ्यूज हूँ...पता नहीं!

बस, एक जगह सुकून मिलता है—हमारी म्यूजिक लैब में। पहले दिन रम्या के साथ गई थी मैं—उसे किसी 'गिग' की प्रैक्टिस करनी थी। घुसते ही मुझे लगा कि दुनिया में अगर झल्लियों का सबसे ज्यादा घनत्व कहीं है तो बस वहीं है। पगलाई हुए थी सब गिटार और ड्रम को बजाते-बजाते। जैसे सारा गुस्सा, सारा नशा उड़ेल देंगी बस उनमें! अजीब-सी आवाजें निकाल रही थीं वो—जो कहीं से भी सुरीली नहीं थी। निरवाना के नगमें सुने हैं कभी? सुनाऊँगी तुम्हें...मेरी प्ले लिस्ट में अब रात-दिन बस यही बजता है—'रेप मी माई फ्रेंड...रेप मी अगेन!'

दस मिनट के भीतर मेरे कान में माइग्रेन-सा उठने लगा था। सब की सब बिना रुके जैसे पागल हुई जा रही हों! भागना चाहती थी मैं कि अचानक से ग्यारहवें और पंद्रहवें मिनट के बीच सब कुछ बदल गया। लेफ्ट पैर थिरकना

शुरू हुआ, बिना बताए। फिर राइट, फिर मुट्ठियाँ बँधी, फिर सिले हुए होंठ खुले। लिरिक्स घंटा पता थे मुझे, लेकिन रम्या से छुपाने के लिए, जो मन में आया, आँय-बाँय-साँय, बकने लगे। रम्या वहीं खड़े 'हुआ-हुआ' जैसा कुछ गा रही थी। उसने इशारे से मुझे देखा—वो मुस्कुरा रही थी। मैंने उसे नहीं देखने जैसा देखा, एक महीने में पहली बार, उसकी मुस्कान वायरल हो गई थी।

'वाना गो अप ?' गिटार और ड्रम की बेतरतीब आवाज से स्ट्रगल करते बेचारी चिल्ला रही थी। मैंने पहली बार में उसका कहा सुन लिया था।

'क्या', 'व्हाट ?' मैंने मजे लेने शुरू कर दिए थे उसके।

ऊपर चलें ? बजाते हैं थोड़ा, उसने मुझे खींचते हुए कहा था।

मैं मना करनेवाली थी। सौ परसेंट! लेकिन नहीं किया।

और अगले ही पल हम स्टेज पर थे।

ये लड़कियों का बैंड था—एक्स वर्जिंस! रम्या उनमें से सबको जानती थी या जानने का नाटक कर रही थी।

नाम दिलचस्प था और वो लड़कियाँ भी। पसीने में भीगी हुईं, इलेक्ट्रिक गिटार पर करामात दिखाती हुईं। मुझे गिटार दिलचस्प नहीं लगता। मेरी नजर में दुनिया का सबसे ओवर रेटेड इंस्ट्रूमेंट है। मेरी निगाहें ड्रम और ड्रमर पर थीं जो एक बॉय कट चेहरा थी।

उसने मुझे देखके कुछ कहा नहीं था या शायद देखा भी न हो। पर मेरी निगाहें, उसपे नहीं, उस ड्रम पर थी जो उस वक्त गोल्डन, मुझे तुझसे ज्यादा सेक्सी लग रहा था।

वाना ट्राई ? उसने स्टिक मेरी तरफ उछाल दी थी। और मैंने भी मना नहीं किया था।

और फिर, सारी शरम-हया को अपनी चप्पल तले रौंदते हुए मैंने पूरी ताकत से स्टिक सँभालते हुए, कुछ आड़ा-तिरछा-सा उस पे बजा डाला था। यू नो व्हाट, उस टाइम, मेरे लिए वो ड्रम सेट तू था और वो लम्हा वैसा ही जब मैं तेरे ऊपर होती हूँ—बस फिर क्या, बजा दिया था, कस के, बिना किसी परवाह के!

'बिच्च, यू सॉर्ट ऑफ किल्ड इट!' उस बॉय कट वाली ने बस इतना कहा था...और गोल्डन, महीनों बाद, मैं जी-जी सी गई थी...

बहरहाल, समाचार अब समाप्त हुए!

नमस्कार!

आपकी डार्लिंग
डेजी

वो जो हम में तुम में करार था

दिल्ली; अक्टूबर, 2013

डियर डेजी,

टैंकर भर-भर दारू पियो, डिस्को में धिन्चांक करो, सौ मिस कॉल इग्नोर कर दो, बत्तीस ठो रोमांस करो—लेकिन डार्लिंग, हमारी स्टोरी के पहले हाई पॉइंट पर जल्दी से अपना चुम्मा सेंड करो, यार! एम्प्लॉएड हो गए हम, कस्सम से! कल ही!

सॉरी यार...हद्दे न बिजी थे हम, जॉब एंड ऑल के चक्कर में...तो थोड़ा मिस कम्युनिकेशन हो गया था इधर—फोन पे चैट नहीं हुआ ठीक से!

हम कल ही तुमको सब इस्टोरी सुनानेवाले थे, लेकिन रात को पार्टी ग्रेटर नोएडा लेके चली गई थी, बड्डे था किसी का! हौंडा सिट्टी ड्राइव किए, 120 पे—माँ कसम, अमीर-अमीर जैसा फील आ गया! लेके चलूँगा, तेरे को किसी दिन नाइट आउट पे! रात को दिल्ली लंदन हो जाती है जी।

यार, तुमसे मिलने के बाद उस दिन, जब हम सीपी में अपना बीपी बढ़ाए, भकुआए हुए टहल रहे थे न तो हमको खुदा ने आप जैसे फरिश्ते के प्यार में पड़ने के बदले इनाम दिया। हमारे सामने लखन खड़ा था—बिहार से मेरा ब्रदर फ्रॉम अनदर मदर! पूरा राम-लखन टाइप का मामला हो गया था, बेबी!

'मैडम से चिट-चैट बड़ी जल्दी हो गया जी!' लखन अपनी ऑटो की पिछली सीट पर किसी अजगर की तरह गिरा पड़ा हमसे पूछ रहा था। उसकी आवाज में हमें अपने लिए च्चू-च्चू जैसी कोई ध्वनि सुनाई दे रही थी। बहरहाल, हमने उसे इग्नोर किया और अपना साइट सीइंग लुक गिराते रहे।

'बहुत मॉडर्न टाइप के आशिक बुझाते हो बे।' अगले ही पल वो जब मेरे कंधे पर बेवजह अपनी धौल गिराते हुए, पैरों से अपनी बीड़ी मसल रहा था, उसने ये कहा था।

'अब का करें यार, मोदी जी की लहर में सब कुछ मॉडर्न हो गया है!' हमने उसे फिर से इग्नोर करते हुए बका।

'स्टेशन चलोगे का?' वो आसमान में ताकता, अपने शीशे के चश्मे को साफ करता रहा।

'स्टेशन काहे बे! टूरिजम के लिए थोड़े ही आए हैं दिल्ली? मतलब गज्जब है, यार...' डेजी, उसकी बात सुन के हम हड़बड़ा गए थे यार!

उस वक्त, बटुए में हजार के दो नोट, दो कंडोम और तेरी तस्वीर के सिवा कुछ नहीं था। 'दिल्ली छोड़ो' का तो आइडिया कहीं दूर-दूर तक नहीं था! और ऐसे में ई बिहारी भाई, एन टाइम पे हमको सही-सही नाप लिये थे।

'नौकरी करोगे का?' अब वो दाँत खोद रहा था, लेकिन मैं उसकी आवाज सुन रहा था।

सर हिलाते-हिलाते उसकी नाक के सामने आ गया मैं!

और फिर थोड़ी देर बाद उसके ऑटो में बैठा मैं, दिल्ली की सड़कों को लाँघ रहा था।

'300 लगेगा बुराड़ी तक का!' उसने कहा था।

हमने कुछ नहीं कहा। जाना कहाँ था, मुझे तो घंटा नहीं पता था। उस समय वो मुझे बुराड़ी ले जाता या बंगाल, मुझे बस जाना था।

'एकाध दिन के लिए हमरे फ्लैट पे रह लो, कोई दिक्कत नहीं है, लेकिन

शेयरिंग में हैं न...तो मैनेज नहीं हो पाएगा ज्यादा! बाकी दो-तीन-चार दिन में अपना सब जुगाड़ तुम खुद्दे कर लोगे।'

'कैसे?' मैंने पूछा।

'अब ई हम कैसे बताएँ कि कैसे? हद्द है मरदे, तुमको न पता होगा—कैसे'?

उसने शीशे में हमें खुद को भक्क मार के घूरते हुए पाया और सब समझ गया!

'एक नंबर काम किए हो तुम! नहीं, मतलब, सच बोल रहे हैं, साला...हम लोग भी प्यार किए, लेकिन ऐसा डेरिंग नहीं कर पाए! इसको न बोलते हैं प्यार जी!' डेजी, मेरी डार्लिंग, उस वक्त हमको नहीं समझ में आ रहा था कि वो मेरी ले रहा है या मैं उसको दे रहा हूँ!

'यार, गजब शहर से पंगा ले लिए हो तुम लेकिन, यहाँ अच्छे-अच्छे आशिक की लग जाती है।' उसने ज्ञान देना शुरू कर दिया था।

दिल्ली में न अब रेंट भिया, इतना न भाग गया है, क्या बताएँ! कुछ दिन में बुराड़ी भी पीतमपुरा हो जाएगा! पैसा-पैसा महकता है ई शहर! यार, वो हमें चुप-चुप देख के कुछ भी ठेले जा रहा था।

'ई तुमरा खुद का ऑटो है बे कि भाड़ा पे हाँकते हो?', हमने उसे काउंटर करने की कोशिश की।

'नहीं, विजय भाई का है। अप्लाई में डाल दिए हैं हम भी। सब ठीक रहा तो नवंबर में एगो निकाल देंगे अपना!'

'सही!', ई की मात्रा पे विशेष जोर डालते हुए हमने बगल से स्कूटी पे जा रही नकाबपोश बाला पे नजर फेरी। यार, हमको इस टाइप की नकाबपोश लड़कियाँ हॉट लगती हैं बहुत! यूनिक टाइप की!

लेकिन चूँकि लखन बहुत घटिया ड्राइविंग कर रहा था तो लड़की अगले सिग्नल से पहले ही लहरिया मार के कट ली।

'अबे, लो न बे उसके पीछे, तुम तो मतलब अब...मरदे...एक-एक ठो ब्रेकर देख के चलाओगे काजी?' हमने उसे झिड़का!

'तो? लौंडिया के चक्कर में ऑटो को एरोप्लेन बना दें?'

हम चुप हो गए। ऑटो में हल्का साइलेंस पसरा!

'अबे, सल्लू भाई, कहाँ गए बे', फिर हम अचानक से चौंक पड़े।

सल्लू भाई ऑटो से गायब थे!

उसके ऑटो के भीतर अब सलमान की जगह केजरीवाल ने ले ली थी। ऑटो नए पोस्टरों से सजा हुआ था।

'बौरा गए हो का बे, केतना सेक्सी छोड़ के गए थे हम तुमरे ऑटो को।

क्या बना लिए बे!'

'भिया, असली हीरो इहे है। देखिएगा अबरी इलेक्शन में,' उसने शिखर फाँका और नेता मोड में चला गया। कब्जियत से भरे कंट्री की सबसे सस्ती पाद है पॉलिटिक्स—कभी भी, कहीं भी, कोई भी छोड़ देता है!

हम चार साल 'इंडिया टुडे' पढ़े थे, पर पॉलिटिक्स हमको घंटा नहीं समझ में आया! यार, जिस चीज में अपना स्कोप नहीं होता, उसमें दिमाग लगाके फायदा क्या!

'केतना दूर और है?

इधर का एक नंबर इलाका सब कौन है?

सही साउंड वाला सिनेमा घर किधर है?

तुम दिल्ली में कोई साइड बिजनस चालू रखे हो या खाली ऑटो ही चलाते हो?

भाभीजी घर पे हैं?'

डेजी यार, फिर तेरे यार ने लखन के सवालों का चटाई बम बिछा दिया।

सही आदमी है बे लखन! मेरा तो चलो जैसे-तैसे करके, अम्मा छोटा रिचार्ज करा देती है, लेकिन कुछ साल पहले भाईजान के पास मिस कॉल मारने भर का भी बैलेंस नहीं था। पास में थी दो सिस्टर और एक मदर! बाप आटा पीस-पीस के इनको पटना यूनिवर्सिटी में जोगरोफी पढ़ने के लिए भेजता था और भाईजान हाजीपुर वाली के साथ मोना में तीन से छह वाला शो में 'जरा जरा टच मी टच मी टच मी' खेलते रहते थे। फिर एक शुक्रवार भाईजान अपनी वाली के साथ 'चलते-चलते' देखने गए और उसी शुक्रवार बाबूजी चल बसे...भाईजान को जीरो बैलेंस में छोड़कर। और फिलिम के इंटरभल में ही भाई की लभ स्टोरी का दी इंड हो गया! और तब शुरू हुई 'लखन—द राइज ऑफ ए आम आदमी' की कहानी!

'बताइए आप हमको, टू थाउजेंड नाइन में बड़की बहिन की शादी में आठ लाख लग गए। लगा न? किए मेहनत बाकी हाँ, घर छोड़ना पड़ा। अब लगता है, ठिक्के किए थे। उधर कुछ बचा-उचा नहीं है। बाकी, आम आदमी मेहनत कर दे तो का नहीं हो जाता है। आम आदमी चाह लिया न...त कुच्छो कर लेगा। दरियागंज में रिक्शा चलाए हैं, भिया, पेट काटे हैं, ऑटो चलाते-चलाते कितना जोड़ बिठाए, तब आज इस्टेबल हुए यहाँ टू बीएचके में!'

और बियाह?

'ई वाला मेहनत अभी करना बचा हुआ है', कहते हुए वो इस्माइल टाइप से कुछ करने लगा।

फिर लखन मुझे रस्ते-भर 'आम आदमी के जीवन में मेहनत का महत्त्व'

पर भाषण देता रहा। मुझे शहर दूर होता-सा लग रहा था। बुराड़ी आनेवाला था। एक बार तो लगा, हम दानापुर में हैं। उसने कहा, हम बुराड़ी में थे। अबे, ये दिल्ली ही है न? मैंने उतरते हुए उससे पूछा था।

'टीवी नहीं देखते हैं का भिया? इसी रेट से डेभलपमेंट होता रहा न, त एकदम हार्ट ऑफ द टाउन न हो जाएगा कुछ दिन में!', उसने एक दुबली-सी इमारत की सँकरी-सी अँधेरी गली में दुबकी हुई सीढ़ियों की तरफ हमें चलने का इशारा किया। माहौल अजीबोगरीब होता जा रहा था। आसपास के माहौल को देखते हुए ऐसा कहीं से नहीं लग रहा था कि उधर कोई टू बीएचके का फ्लैट भी पाया जा सकता था।

फ्लैट ही फ्लैट, गद्दे ही गद्दे, तोशक ही तोशक, गिट्टी ही गिट्टी, पानी ही पानी—तेरी दिल्ली में ऐसे ही कैसी-कैसी चीजें बिक जाती हैं यार! ये शहर दलालों का शहर है—कायदे से यहाँ हर दूकान पर दल्ले ही दल्ले लिखा होना चाहिए था। खैर, ये बिदवानों के बहस का मुद्दा है।

लखन फुल टशन में वसीम मेंस हेयर वाले लौंडे को दुआसलाम करते हुए हमें अपने फ्लैट पर ले जा रहा था। हमको भकुआइल देखकर उसका कॉन्फिडेंस खासा बढ़ा हुआ था, इसलिए बातों ही बातों में अब वो देश की फारेन पालिसी को भी गरियाए जा रहा था।

फिर कुछ कदम और चलने के बाद मामला संगीन हो गया। सीढ़ियाँ खतम होने का नाम ही न लें, कमरे दड़बों में बदलने लगे, और दम फूलने के ठीक पहले, हम उस दरकते मकान के उदास से छत पर निहायत गैर-जिम्मेदाराना तरीके से उगे, असबेस्टस ओढ़े एक कमरे के सामने खड़े थे।

छत पर चढ़ते ही हमें सबसे पहले एक कुकुर महाराज का दर्शन हुआ, जीभ लपलपाते प्रकट हुए थे सर! फटती है कुत्तों से मेरी! हदस गए थे हम बिलकुल! फोर्थ क्लास में थे, जब भरी दुपहरिया रगेदा था हमको बोरिंग रोड के कुत्ता गैंग ने! एतना दौड़ाया था, एतना दौड़ाया था कि साला दू सौ मीटर का नेशनल रिकार्ड तोड़ दिए होंगे हम उस दिन! मतलब, चलो माना कि कुत्ता इनसानों की तरह एक जीव है! बहुत अच्छी बात है! लेकिन उसको पालतू बनाने का लॉजिक हमको आज तक डाइजेस्ट नहीं हुआ! बताओ यार, जिस मुल्क में इनसान साले ढंग से पल नहीं पाते, जहाँ इनसान, इनसान पर भौंके जा रहा है, वहाँ इस कुत्ता-प्रेम का क्या मतलब! इनसानी कौम की तमाम नाकामियों पर पर्दा डालना है कुत्ते का पालना! आदमी जब कोई बड़ी गिल्टी फील करता है, नया कुत्ता पाल लेता है! मेरी समझ है।

तुम बोलोगी बकलोल हो, कुच्छो बोल देते हो! मे बी हम ऐसा कुत्ते के डर से सोचते होंगे! लेकिन कुत्तों के बारे में मेरी ये राय अटूट किस्म की है!

कह दिया सो कह दिया टाइप की! आई हेट कुक्कुर!

फिलहाल तुम इतना जानो, डॉन नाम है जनाब का! पूरा नाम डॉन कोरलेओन। नमन है इस नामकरण को!

'जूत्ता-चप्पल बाहर ही खोल देना, और बैग-बस्ता इधर!' लखन ने बस इतना कहा और हाथों से इशारा करते हुए हमें कमरे की तरफ बढ़ने को कहा।

'और तुम?'

'आते हैं थोड़ा धंधा-पानी देख के! कोई टेंशन नहीं लो तुम। बाकी प्राणी सब अंदर हैं!'

उसकी बात सुन के हमारे नरभसाए कदमों में थोड़ी जान आई और हम किसी तरह सरकते हुए कमरे के भीतर पहुँचे!

'चौंतीस हजार पर समेस्टर में तुमको इंजीनियरिंग करा रहा है, ऊपर से एमबीए फीरी, हाईवे से लगा कॉलेज है, मिकैनिकल बरांच में मन लगाने के लिए दरजन-भर लौंडियों की गारंटी है, 50 परसेंट प्लेसमेंट—अब का आकसफोर्ड में जाके इंजीनियर बनोगे बे? चच्चा जी से पूछके बताना...आ थोड़ा जल्दी फाइनल करना भाई, पारटी को बोलके रक्खल हैं तुमरे लिए, माथा खा रहा है!'—हाथों में बीड़ी, दाँतों में सींक, कमर में लूँगी और चेहरे पर फराड खोंसे कोई भाई किसी भाई से पढ़ाई-लिखाई की टेक्निकल बात कर रहे थे!

बगलवाले गद्दे पर एक और भाई ऊँघे जा रहे थे। पंखा मुल्क की सरकारों की तरह चलने का भरम टाइप का फील दे रहा था! किसी चाइनीज मोबाइल फोन में कोई अपने ब्रेक-अप का रोना रोए जा रही थी—'वो जो हम में, तुम में करार था...'

कमरा शुरू होने के तीन कदम बाद ही बेड रूम से किचन में तब्दील होने लगा था! हल्दी, चाय, पिछले के पिछले के पिछले बीफेंड पर गिरे प्याज के छिलकों, उसके पिछले महीने बनी दाल के ऐतिहासिक धब्बों से सजा-धजा, उजले से काला होता स्लैब उनके खानाबदोश और सिंगल होने की भरपूर गवाही दे रहा था!

सामने की दीवार पर सोनाक्षी सिन्हा की गदराई हुई जवानी चस्पा थी जिसे देखकर हमें उस महाउबाऊ माहौल में थोड़ा-सा, चिल-सा फील हुआ।

मोबाइल पर लगा हुआ आदमी अब एक लंबी-सी, प्याजी उबासी लेता हुआ हमारी तरफ आया। उसको देखके साफ लग रहा था कि वो हमें देख के 'इग्नोर करें या न करें' के बीच कहीं फँसा हुआ है।

अपनी घुसपैठिया एंट्री को जस्टिफाई करने के लिए हमने अपनी चवन्नी

छाप मुस्कान बिखेरते हुए अपना इंट्रो बघारने की सोची!

'गोल्डन।' हमने पूरे इस्टाइल में अपना नाम बताते हुए उनकी तरफ अपना हाथ बढ़ाया! हमारे बीच हैंडशेक जैसा कुछ हुआ!

'नेयाज!' उसने कहना चाहा था या नहीं, पर हमने सुन लिया।

उसका फोन फिर बजने लगा! मोबाइल फोन एक घातक आविष्कार है, ऐसा सोचते हुए हम सर खुजाते खड़े रहे! अब नेयाज भाईजान सीमेंट सरिया से जुड़े किसी गंभीर मसले में लीन हो चुके थे। गद्दे पर पसरे पड़े भाईजान 'वो गो हम में, तुम में...' सुनते-सुनते मोह-माया सब त्याग चुके थे, लिहाजा उन पर हमारे वहाँ होने का घंटा कोई इफेक्ट नहीं पड़ा!

मामला संगीन होता जा रहा था। आइस ब्रेक करने की जरूरत थी! और ऐसे में हमारा सेलफोन इंडस्ट्री का ज्ञान काम आया।

'ई सब चाइनीज माल का साउंड कैसे झेल लेते हैं आप, भिया? कान में चुभता नहीं है? चिआउ-चिआउ आवाज नहीं करता है?' हमने भाईजान से कहा!

'बजट भी एक चीज होती है, भाई।' भाईजान ने मंद-मंद मुस्कुराते हुए हमें बरह्मज्ञान दिया और फिर बातें शुरू हो गईं।

फिर शाम हुई। इस दौरान बताने लायक कुछ भी नहीं हुआ। फैले हुए भाईजान ने मुझे चाइना और अमरीका के बारे में कुछ अंटशंट बताया, जिससे बोर होकर हम ये गेस करते रहे कि उस उदास गाने और उनकी ज्ञानी बातों के बीच वो कौन-सी चीज है जिसने बत्तीस की उमर में उनके सर पर बत्तीस बाल भी नहीं छोड़े हैं। फिर यूँ ही शाम होते-होते, चाय बन गई! बन क्या गई, कुत्ता डॉन इस बीच हमें डराता हुआ भाईजान चार बार घूर चुका था। दोनों ने बीच-बीच में डॉन को ढंग से बिहेभ करने की सलाह दी! और हम बात करते रहे! नेयाज अब फ्री होकर लेटे पड़े भाईजान से दीपिका पादुकोन और सोनाक्षी सिन्हा के एक्टिंग स्किल पर भिड़े हुए थे जिस पे हमने ये कहा कि माधुरी के बाद इंडस्ट्री में कोई हीरोइन पैदा ही नहीं हुई। बॉलीवुड पर हमारी धाकड़ पकड़ को देखते ही लेटे हुए भाईजान ने मामला फिरंगी फिल्मों की तरफ मोड़ दिया, जिसके बारे में, डार्लिंग जैसाकि तुम जानती होगी, कि हमारा ज्ञान कितना लिमिटेड है। 'जंगल में जवानी', 'कातिल रेशमा', 'इस्पात का आदमी', 'बकरिया बोलत नाहीं' जैसी मोर्निंग शो की डब फिल्मों के अलावा हमने तो हालीवुड का ह भी नहीं देखा है। खैर, उन्होंने ताबड़तोड़ तीन-चार हीरो हीरोइनों के नाम गिनवाए जिनमें हमारी कोई दिलचस्पी नहीं थी। लिहाजा हमने उनकी बात को काटते हुए रात के खाने के इंतजाम के बारे में पूछ लिया।

इस सवाल को सुनते ही एक-दूसरे को देखते हुए दोनों ने एक बेहद डीप मीनिंग वाली रहस्यमयी मुस्कान बिखेरी, गोया वो भगवान बुद्ध हों और हमने उनसे लाइफ का सार पूछ लिया हो। कुत्ता डॉन भी वहीं खड़ा पूँछ हिलाते हुए उनसे चोंच लड़ाता रहा। हमने उन्हें इग्नोर किया और मैगी-वैगी, प्याज-व्याज की शॉपिंग के लिए नेयाज के साथ निकल पड़े।

सड़क पर उतरते ही हमें सब कुछ एवरेज-एवरेज सा ही लगा—बिलकुल वैसा ही जैसे अब तक की हमारी जिंदगी, हमारा शहर, जैसे हम। सड़कें, दुकान, इनसान—इधर कुछ भी दिल्ली टाइप का नहीं था। डेजी यार, तुम कौन-सी दिल्ली में पाई जाती हो? पटना में रह के जिस दिल्ली का सपना हमको आता था—यार, ये वो दिल्ली है ही नहीं! दो पैकेट मैगी के चक्कर में हमने पूरा इलाका छान मारा। सड़क के किनारे, उस उजाड़-सी जमीन पर, जहाँ मोहल्ले के शरीफ अपना कचड़ा डाला करते, कोई मकान बननेवाला था! हमने नेयाज से थोड़ी-बहुत इन्कवारी की तो पता चला इस महान निर्माण कार्य के पीछे ठेकेदार जमील मियाँ, मुनीम नेयाज अंसारी और वहीं पीछे बने टेंट में बसे सीता-राम-लक्ष्मी, वातावरण में व्याप्त पेशाब-टट्टी, मार और प्यार, रिरियाते बच्चों और भोजपुरिया गानों के बीच जिंदगी बसर कर रहे नर-मादाओं का हाथ है! दो महीने में ये नर-मादा कुछ और नर-मादाओं के साथ कुछ और किलोमीटर शहर जननेवाले थे। खैर, खैनी ठोकते हुए नेयाज ने हमें बताया कि ठेकेदार जमील काइयाँ किस्म का दर हरामी इनसान है, लेकिन इस मामले में भी वो जमील से कोसों आगे हैं। डेजी, तुम्हें जानकर खुशी होगी कि ये सभी संयोग से हमारे बिहार के मिथिला एरिया से यहाँ अवतरित हुए हैं! मैथिल सब बाकी जो कुछ भी हों, यार, बोलते बड़ा मीठा हैं! गरियाते भी ऐसे हैं मानों फूल बरसा रहे हों! नेयाज ने आधे घंटे में ईंटें उतरवाते हुए जमील को मैथिली में पाँच-सात करारी गालियाँ दे डाली थीं... एंड आई लव्ड इट! बेहद प्यारा था। हमने नेयाज के नए फोन में चार-पाँच कंटाप से भोजपुरिया और नए आइटम नंबर बूलू टूथ से भेज दिए। वो खुशी से पगला गया—

'बताओ यार, अइसन-अइसन चीज निकल गया है आज कल! साला फोन में दाँत लगा दिहिस है और ऊ भी बुल्लू! चार दिन से पाँच हजार का फोन लेके हिला रहे थे। सगरो बेटा सब भीडियो देख-देख के टंच है। हम भी बोले, बेट्टा, पाँच पैसे जादा लगें, लेकिन बुल्लू-टूथ वाला ही फून लेंगे! बाकी ले त लिए, लेकिन बुझैबे नहीं करता था, चलाना कैसे है! जमील को बोले गाना डाल दो...तो बोलता है, मियाँ लाहौल विला कूवत, कलमा पढ़ो! साले की! पब्लिक बताया कि संत नगर में साठ रुपया में सौ गाना डालता

है... अब साला जाए कौन! तुम पकिया गुरु निकले।' कान में इयरफोन ठुंसे, नेयाज हाई डेसिबल में चालू हो गया!

'एगो होता पिछुवा से चूक राजा जी, लगाई दीं चोलिया के हुक राजा जी'— इस महान गीत और इसके गायक सीरी कल्लू की कृपा से हम इस शहर में अपने पहले जॉब के एक कदम और नजदीक आ गए! नेयाज ने अपने फोन में कल्लू का भोजपुरिया हिट सुना और सुनते ही हमारा फ्रैं ड हो गया!

फिर बहुत कुछ कहने-सुनने की जरूरत नहीं पड़ी। तेरे आशिक और नेयाज जैसों को एक-दूसरे को समझने के लिए लफ्जों की जरूरत नहीं पड़ती। कान में इयरफोन ठूँसे, खैनी की तरावट को हूँ-हूँ में बयाँ करते हुए वो सब समझ गया था।

'मैथ कैसा है रे तुमरा? जोड़-घटा लेता है न सही से?' नेयाज ने पूछा।

और बस डेजी, उसी वक्त ऊ मियाँ भाई की आँख में अपने लिए एतना प्यार देख के, मारे इमोशन हम दिहाड़ी हो गए। वापस कमरे पर लौटे, लखन आ चुका था! कुत्ता डॉन उसकी गोदी में पसरा कपिल शर्मा को देख रहा था! हमने नौकरी का गुड न्यूज ब्रेक किया। लखन ने डॉन को पुचकार दिया! गद्दे पे फैले भैया अब देस के संविधान के बारे में कुछ नया शिगूफा छोड़ रहे थे। चिलम का धुआँ अब भी ताजा था। हमारी समझ में कुछ नहीं आया। यार, कोई न कोई बात तो है! इस फ्लैट में सब के सब पागल हैं!

अच्छा सुन, संडे को तुम क्या करने वाली हो? जान, माँ कसम, अब अति कर दी हो! फोन में इंटरनेट पैक डलवा-डलवा के पक गए हैं हम! आखिर बीएफ, बीएफ होता है, और जीएफ, जीएफ! देख-देख के हमारा मोबाइल भी साला हैंग मारने लगा है! मिल ले मैडम! एक फुल्ल डेट तो बनती है अब—तेरा यार कमाऊ हो गया है! तुमको पता है, दिल्ली में गालिब चचा का कबाब बहुत फेमस है! मतलब बहुत अच्छा...सुन लिये हैं हम वहाँ के बारे में एभरीथिंग। एकदम तुमको ले जाने लायक जगह है यार—बोल आती क्या? मिलेगी न तो सबकुछ बताना—अपनी ढोलक पार्टी के बारे में। अपने पागलपन के बारे में! मेरे पास सबका इलाज है!

वेटिंग फोर दी मीटिंग!

तेरा यार
गोल्डन

द रोड नॉट टेकेन

दिल्ली; अक्टूबर, 2013

डियर गोल्डन,

तुमको पता है ट्वेल्थ में हम इकोनॉमिक्स लिए थे! उसमें देश की जीडीपी जोड़ना सिखाया जाता था—कागज पर! जोड़ने में पूरे क्लास की लग जाती थी? हम फट से जोड़ देते थे! पूछो क्यूँ? काहे कि हम इस मामले में बिलकुल ही अकल नहीं लगाते थे, सीधे सारा फार्मूला घोंट जाते थे! बस फिर टेस्ट में पूरे क्लास की लगने के दौरान, हम आराम से फोन पर तुम्हारे साथ लव यू—लव यू टू खेलते रहते थे। याद है न!

तुमको मालूम है, मेरे लिए तुम भी जीडीपी के ही जैसे थे—तुमको घोंट लिया था मैंने—तुम रटे हुए थे मुझे—जैसे इको का फार्मूला!

बोर्ड्स दिए अब एक साल होने को है—मैं फार्मूला भूल चुकी हूँ! जीडीपी और तुम्हारा, दोनों का! मुझे मेरा यार और मेरे देश की इकॉनमी कुछ भी क्यूँ नहीं समझ में आता अब? तुम कैसे, क्यूँ, किधर से, कौन होते जा

रहे हो, बेबी, आई जस्ट डोंट नो एनी मोर।

और मैं? मैं खुद ही कौन-सी तेरी वाली डेजी बची हूँ जो ये सब बकूँ? चिढ़ने लगी हूँ तुम्हारे पीजे वाले मैसेज सबको पढ़-पढ़ के, तेरी लाल शर्ट वाली डीपी देखके पिछले चार बार से गूज़बंप्स क्यूँ नहीं आया है? मैं प्यार, प्यार के जैसे क्यूँ नहीं करती? मैंने सर के बाल छोटे करा लिए हैं! एक स्वेड-शर्ट चार-चार दिन लटकाए घूमे फिरती हूँ, और चार-चार घंटे फोन साइलेंट पर छोड़ जाती हूँ! और फिर ऐसे में तू आता है! मुझे हिला के, जला के, रुला के, खिला के, जी.टी. रोड पर ऑटो में अकेला छोड़ कट लेने के लिए!

तू...तू है क्या बे? शाम साढ़े सात बजे मेरे हॉस्टल के बाहर बुलेट चमकाता हुआ, काली-सी शर्ट और चार साल से फटती आ रही ब्लू जीन्स में, चेहरे पर बढ़ती हुई दाढ़ी की शक्ल में बचकानी-सी जवानी लपेटे एक लड़का सीधा आ धमकता है। 'साढ़े आठ की मेरी प्रैक्टिस है'—तेरे कंधे पर बीसियों मुक्के जड़ने के दौरान कहे गए मेरे हर इनकार को ऐवेई अपनी 'चल बे', 'हुर्र', 'हट्ट' से रफा-दफा कर, मुझे मेरी दो दिन पुरानी लोअर बदल के आने का मौका दिए बिना, वो लड़का सीधे मुझे अपने संग टाँग लेता है—रिंग रोड पर एक सौ बीस की स्पीड में खुदकुशी के लाइव डेमो देता हुआ। लहरिया पे लहरिया कट मारता हुआ, क्लच-ब्रेक का वही पुराना खेल खेलते हुए, मुझे रह-रह के खुद पर लुढ़काने के दौरान गालियों, सवालों और 'धीरे चलाओ बे' की वार्निंग को सिरे से इग्नोर करते हुए सड़कों पे गाड़ी गोल-गोल घुमाता है! तीन ट्रैफिकवालों और सैंकड़ों गाड़ियों को ओवरटेक करता, मेरे भीतर के टॉम बॉय को हर लाल बत्ती पे चिढ़ाता, पता नहीं किन रास्तों से मुझे निजामुद्दीन लिए आता है! मैं इस लड़के की रफ्तार में सूफी होते हुए दरगाह का रस्ता पूछती हूँ और वो गालिब कबाब कॉर्नर का! मुझे खुसरो, कव्वाली और दरगाह की पड़ी होती है। तुझे बस अपने कबाब की। मैं तेरे प्यार में सूफी हुई जाती हूँ, मुझे तुझमें अपना मुर्शीद नजर आता है! पर तू? तू अब भी जमीन पर का निरा इनसान है जिसके चेहरे की भूख साफ टपक रही है—कमीनी भूख, लेकिन तू भूखा बड़ा सेक्सी लगता है!

फिर चार प्लेट कबाब ठूँसने के बाद, 'हॉस्टल चलके छोड़ो हमको—हम गेट-पास नहीं बनवाए हैं', और 'ये तेरा नाइट आउट का प्लान बहुत बड़ा चुतियापा है'—जैसी मेरी बारह रिक्वेस्ट लाइन से रिजेक्ट करने के दौरान, जब तेरी बुलेट आसमान से बातें कर रही थी तो मैंने खुद को तुझे पीछे से हग किए पाया था! एक बात बताओ, तुमरा बॉडी पत्थर का है क्या? नहीं मतलब, हाथ में दम अच्छा खासा है मेरे...घर पे छोटू को लगा के देखे हैं हम? लेकिन तुम थका देते हो बे!

फिर सड़कें अनजान-सी होने लगती हैं! दिल्ली की रातें कितनी नारंगी-नारंगी-सी होती हैं न? मैं गर्दन उचकाकर आसमान देखने की कोशिश करती हूँ? मुझे तारे नहीं दिखते! तू रेड लाइट में फँसाए बगलवाली छोटी लड़की से डेढ़ सौ का गुलाब खरीद लेता है, बिना मुझे बताए—बत्ती हरी होते ही, सबसे आगे निकल अगले मोड़ पर मेरी तरफ पीछे बढ़ाने के लिए? तुझे एक हाथ से बाइक चलाने के लिए इससे रोमांटिक बहाना नहीं मिल सकता था न? सामने से वो बीएमडब्ल्यू वाले लौंडे तेरे जैसे ही टशन में आए थे और मुझे लगा था कि हम गए! तेरी शर्ट चीरने के लिए सॉरी! कसम से बोल रहे हैं, तो पक्का जान के नहीं किए थे—गजब हदस गए थे, यार! जो तू ब्रेक न लगाता न, गए थे! तेरे साथ पहले भी जाते-जाते आई हूँ यार, लेकिन वो पटना था, ये दिल्ली है! यहाँ की सड़कें बेरहम हैं, उन पर फिसलते चक्कों की रफ्तार पटना से कहीं अधिक है।

तेरी शर्ट क्या फटी, तू तो फ्री फंड में सलमान हो गया? हवा में ठंड थी और मुझे तेरी फिकर जो भींच लिया था पीछे से तुझे...कि साले तुझे ठंड न लगे! लेकिन ठरक की फैक्ट्री, तू चुना हुआ कमीना है न! मेरी गालियों को चुपचाप सुनता हुआ तू मुझे जाने कहाँ ले आया था...

...सड़कें संकरी हुईं, हिचकोले तेज हुए, गलियाँ मिलने लगीं। आते-जाते लोग हमें घूरने लगे और मैंने अपने स्वेड-शर्ट की हुड चढ़ा ली—न जाने कितने दिनों के बाद मुझे दिल्ली में अपना पटना नजर आने लगा! मेरे सवाल थकने लगे, मैं चुप होने लगी—और फिर अचानक से गैर-सी लगनेवाली ये दिल्ली अपनी-अपनी-सी लगने लगी!

पेट के भीतर का गुस्सा रह-रहकर रोलर कोस्टर राइड ले रहा था और जो तूने वहाँ गाड़ी पक्की सड़कों से उतारी—मुझे तेरी असल भूख का सही अंदाजा हो गया! गोल्डन, तेरा प्यार कच्ची सड़कों पे ही क्यूँ रफ्तार पाता है? तू सबसे अच्छी ड्राइविंग गड्ढों में ही करता है!

मुझे ऐसे डेट बिलकुल नहीं पसंद—लेकिन तू सुनता नहीं है...एंड आई लाइक इट! तूने कहा था, हम कहीं वजीराबाद में थे! वजीराबाद कहीं दिल्ली में था या दिल्ली कहीं वजीराबाद में—मुझे घंटा फरक नहीं पड़ता था उस वक्त! पक्की होने का भरम पैदा करती सड़कों से उतर घाटों, मंदिरों और जल बोर्ड के ऑफिस को लाँघ, तूने बाइक एक बंजर से मैदान के पास रोक दी थी! पास में ही यमुना बहती है...बहुत सेक्सी जगह है यार, एक बार चलो तो...बस दो मिनट और—कहते-कहते साले तेरे साथ मैं दसियों गड्ढे लाँघते हुए वहाँ बीच खेत में बने उस लोहे के कमरे के बाहर पहुँची थी! मेरी साँसें फूल रही थीं, तेरी भी! लेकिन डर कहीं नहीं था! तेरे साथ होने का बेस्ट पार्ट

यही है! तू हर जगह हीरो कैसे बन जाता है?

तूने फुल पोज में लात मारकर दरवाजा खोला था! सॉरी, टुबोर्ग नहीं मिला, आज किंगफिशर से काम चला ले—तूने कहा था! मुझे हँसी आ गई थी! 'टुबोर्ग नहीं, ट्यूबोर्ग!' तुझे तेरी इंग्लिश स्पीकिंग के लिए चिढ़ाने में मुझे इन्ना मजा आता है, इन्ना मजा आता है कि क्या बताऊँ, किन्ना मजा आता है!

आई वाज लाइक—'गोल्डन तू कौन-सी चीज है, यार?' मेरे ही पॉकेट से मेरा सेल फोन निकालकर स्विच ऑफ कर दिया था तूने—और फिर पास बहती यमुना के किनारे, बित्ते-भर की घास पर पेट्रोमैक्स की रौशनी में तूने मुझे दाँत से बोतल तक खोलना सिखाया था! तू चुपचाप पी रहा था! मैं सोच रही थी! अपने बीच बस इतना ही डिफरेंस है—तू पीते हुए सोचता नहीं है!

मुझे आसमान में तारे साफ नजर आ रहे थे! ये आसमान दिल्ली का नहीं था! हम डेढ़ बोतल चुप रहे थे! तूने मुझे अपनी ओर खींच लिया था! वैसे ही पुराने जानवर टाइप से!

'तुम छोटे बालों में ज्यादा हॉट लगती हो'—मेरे कान से तेरे होंठों ने कहा था!

हम चूमने लगे थे एक-दूसरे को फिर से! तेरी बची-खुची शर्ट मैं वहीं फाड़नेवाली थी, तू ठंड से काँपने लगा था! तू मुझे हॉट और क्यूट दोनों नजर आ रहा था! मैं तेरी पीठ पे अपनी बीट बजा रही थी! मैंने रात में बहती नदी कभी नहीं देखी थी, झींगुरों को इतने पास से कभी नहीं सुना था, मुझे बड़ी नदियों को रात में बहते देखना डराता है, गोल्डन! दूसरे बोतल के बाद मैं डरने लगी थी! तुम्हें मुझे किस करने से तुझको फुरसत मिलती तब पता चलता न? मेरे ढेरों सवाल और लानतें तेरे बदन की खुशबू में गुम हो गए थे! मसलन मैं उस वक्त तुझसे उस बुलेट के बारे में पूछना चाहती थी, मैं तुझसे इस डेट, इस जगह, वो कमरे—इन सबके बारे में पूछना चाहती थी... लेकिन इन सबके बीच हमारा फ्रेंच किस आ गया था! सही जा रहे हो बेटे, परफेक्ट होते जा रहे हो तुम इन विलायती मामलों में! कहाँ प्रैक्टिस करते हो, आँय?

... ...

मुझे तुम्हारे बदन की खुशबू अपने पापा जैसी लगती है! मैं गायब हो जाना चाहती हूँ—हर उस बार जब मैं तुम्हारे इतने करीब होती हूँ! और इस बार? मैं उठकर टहलने लगती हूँ अँधेरे में! अनजान घसियाली पगडंडियों पर, सुर्ख अँधेरे में! तुम अपने फोन में हनी सिंह का वॉल्यूम वन चालू किए मेरे पीछे-पीछे चलते रहते हो! मुझे हनी सिंह से उतनी ही नफरत है जितना तुम्हें कुत्तों से! मैं इस कबाड़ को सुनने से बचने के लिए रोबर्ट फ्रॉस्ट को याद करती हूँ! नाइंथ में उसकी पोएम थी एक—द रोड नॉट टेकन! फ्रॉस्ट मुझे

हमेशा से मस्त पोएट लगता है! 'वुड्स आर लवली डार्क एंड डीप'—थर्ड क्लास में थे जब पप्पा जी रटाए थे उनकी ई लाइन!

तुम्हें फ्रॉस्ट क्यूँ नहीं पता है बे? लगे गुदगुदाने मुझे तीन लाइनों के बाद! कुछ सेंसिबल कभी क्यूँ अच्छा नहीं लगता है तुमको? मुझे जब भी प्यार में डाउट होता है न, मैं फ्रॉस्ट को पढ़ लेती हूँ! फ्रॉस्ट को सब जानते हैं!

फिर हम कमरे में थे! कैसे? नहीं मालूम।

लेकिन उस रात वीयर्ड से बियाबान के उस वीयर्ड-से कमरे में सालों बाद गिरी थी मैं खाट पर! तू हमेशा की तरह मुझे कुशन समझ मेरे ऊपर आ गिरा था और हर बार की तरह मैंने भी नहीं रोका था तुझे! तेरी आँखों में नशा था या भूख, मालूम नहीं...लेकिन बाई गॉड हर बार की तरह मैं भी तेरे चालू होने का वेट कर रही थी!

लेकिन तू न, बीएफ देख-देख के पागल हो गया है! सच्ची...वैसे ये कौन-सी नई बीमारी है बेरोल-प्ले' जो तू सीख कर आया है? बावली पूँछ, तू दिल्ली पुलिस की उस हरियाणावाली जटनी में देखता है मुझे? ये कोण सी नई बीमारी लग गई थी तुझे उस रात बे? गाली सुण के भी अकल नहीं सही हो रही थी तेरी! तेरी कमर से नीचे फिसलती मेरी उँगलियाँ शैतान होती जा रही थीं...मैं गीली होती हुई तेरी स्टोरी-टेलिंग की फैन हुए जा रही थी!

मतलब...तू इतना गंदा कैसे सोच लेता है कि किसी एक उबासी-भरी-सी दुपहरी में, जब तू बिना हेलमेट सड़कों पे भागता फिर रहा हो, खाकी के यूनिफार्म में 'कंटाप' सी दिखती मैं—दिल्ली पुलिस की कांस्टेबल, तुझे रोकती हूँ! कुत्ते, तुझे पुलिस के डंडे और फाइन के पैसे के बीच, मेरी चौंतीस-तीस-बत्तीस की ज्योमेट्री और गर्दन से नीचे फिसलता हुआ पसीना टर्न ऑन करता है!

आई डोंट बिलीव दिस यार! लेकिन उस रात मैं तेरी गंदी वाली कहानी की तीस पार की बिनब्याही गँवार हीरोइन बनते हुए नीचे-ऊपर, दाएँ-बाएँ सब तरफ से हॉट हुए जा रही थी!

अभी मैं, मैं नहीं थी, तू, तू नहीं था! तू खटिए पर जकड़े हुए हर अगले मिनट मुझे गुस्सा दिला रहा था, मैं लेटी हुई बिहारन, तेरी किस्सागोई में गीली होते-होते, हरियाणावाली जटनी हुए जा रही थी! तेरी बाइक के पीछे बैठ मैं तुझको थाने ले जाने के लिए कहती हूँ! तू सॉरी-सॉरी की रट लगाने लगता है, मैं पीछे से तेरा क्लच थाम लेती हूँ, और तेरे कान में कोई पता फूँकती हूँ! तू एकदम से एक्सलरेट हो जाता है!

हम कमरे में होके भी कमरे में नहीं थे! उस रात...उस रात तुझे अपनी डेजी में इंटरेस्ट कहाँ था! रात दोपहर थी, तू गुनहगार और कंगाल था और

मैं तेरी मोटे से गर्दन पर वारी–वारी होती, वेल्ली जटनी! तुझे सजा चाहिए थी, मुझे मजा!

मेरी स्वेड–शर्ट और लोअर मेरी यूनिफार्म थी! हम कमरे में नहीं, हुमायूँ के मकबरे में नहीं, मकबरे की झाड़ियों के पीछे, तीन सेकंड में आ गए थे! तू प्यार करते वक्त टाइम एंड स्पेस की माँ–बहन कर देता है! तेरी उंगलियाँ मेरी ब्रा से हमेशा की तरह जूझ रही थीं—तू इस जन्म में मेरी ब्रा के हुक खोलना सीख भी पाएगा क्या?

'छोरे, तू आज गलत हाथों में फँस गया है...तेरी मरम्मत तो मैं इतनी करूँगी कि तीन दिन तक टाँगों के बीच मरहम लगाना होगा!'

'जो हुकुम मेडम जी'—कहते हुए तू मुझे अपने ऊपर ले आता है! मेडम जी! हा–हा! प्यार में दुनिया का हर इनसान कॉस्मोपॉलिटन हो जाता है।

'हम झाड़ियों में घुसते जा रहे हैं! तेरी बेल्ट का बकल तेरे जैसा ही काम्प्लेक्स है! तू मुझे हेल्प ऑफर करता है! लेकिन, आज तुझे दिखाती हूँ अपना दम छोरे!

मैं तुझ पर झूल जाती हूँ, तेरी इंच–इंच बढ़ती जवानी को अपने हाथों में थाम लेती हूँ! तू किसी बच्चे की तरह रिरियाते हुए, मेडम जी के फुटबॉल के साथ लेट्स फुटबॉल करने लगता है! मुझे सिक्सटी नाइन करना है, तुझे प्यार में इतना टेक्निकल होना पसंद नहीं है!

मैं तुझे घूर–घूर देखती हूँ, बस...एक पल...हर बार की तरह तू ऊपर–ऊपर बड़ा क्यूट लग रहा है...हर बार मैं तुझे काट खाती हूँ! मैं ऊपर से नीचे आने लगती हूँ, नीचे से ऊपर जाने की सोचकर! पर तू नीचे से बहुत बड़ा हो गया है!

तेरी कांस्टेबल अपना होंठ काट लेती है, उसे बड़ा अच्छा लगता है!

फिर तू बिस्तर पर फिसलता है, चद्दर को अपनी मुट्ठी में बाँध, फैले पड़े अपने पैरों को पटकता है, सिसियाता है, गुर्राता है—'डेजी, थोड़ा धीरे, दर्द होता है बे, दाँत नहीं...प्लीज!' तू मुझसे कहता है, मैं अनसुना कर देती हूँ! कमरे में डेजी है नहीं, वो कमरा है ही नहीं! हम अभी हुमायूँ के मकबरे की झाड़ियों में फिसल रहे हैं, तू गोल्डन नहीं है, मैं डेजी नहीं हूँ! तू आवारा है, मैं तेरी पुलिसवाली!

मैं नीचे झुकी–झुकी मदमस्त हो चली हूँ! तेरे हाथ मेरी छाती पर धमाल मचाए हुए हैं! गोल्डन धीरे! मैं एक सेकंड के लिए डेजी होती हूँ, तेरी तरह! तू सुनता नहीं है...तुझे सुनना भी नहीं चाहिए!

कमरे में हवा नहीं आती, अक्टूबर की रात में अप्रैल वाला पसीना बह रहा है! घुटन जैसा है कुछ–कुछ! मुझे इस घुटन से प्यार है! मुझे तेरी जाँघों

के बीच घुट जाना है, तू मेरी छातियों के बीच घुटना चाहता है!

आई कांट वेट एनी मोर! जटनी को ड्यूटी पर वापस भी लौटना है! तू नीचे से कुतुबमीनार होता जा रहा है! मैं अग्रसेन की बावली! मेरी नम हुई बावली को तेरे मीनार की फुहार चाहिए अभी! मैं लड़की से घोड़ी बन जाती हूँ! तू सीधा क्यूँ नहीं घुसता है बे इन मौकों पर? मुझे फिसलती हुई चीजें अच्छी नहीं लगती!

फिर तेरे-मेरे धक्कों की बीट पर हमारा इश्क मुकम्मल होने की तरफ बढ़ चुका था! गालियों, चारपाई के पायों और शरमाते हुए पंखे के शोर के बीच तेरी पीठ पर अपने कटे हुए नाखूनों से मैं प्यार की ग्रैफिटी उकेर रही थी! शुरुआती स्ट्रगल के बाद, एक रिद्म-सा पैदा होने लगा था! मुझे बजते-बजाते हुए सिर्फ रिद्म की तलाश होती है...सिर्फ रिद्म की!

हम उत्तर में हैं या पूरब में; बिस्तर पे हैं या झुरमुट में; ये शहर शहर-सा क्यूँ नहीं लगता; हम गूँथे-गूँथे हमेशा नए क्यूँ लगते हैं; ये होने-न-होने के परे क्यूँ है?

एक बार और...और फिर एक बार हम तुम हुए थे, तुम हम हुए थे! और फिर यूँ ही किसी बहती नदी की तरह मेरी बावली में बाढ़ आ गई थी! तू हर बार ऑर्गेज्म के बाद शरमाने क्यूँ लगता है बे! अबे इट्स ओके...करत-करत अभ्यास ते जड़मति होत सुजान!

अच्छा, ये छोड़ पागल...सेक्स के बाद अचानक से फेसबुक पर जाकर फीलिंग लव्ड एट यमुना वाला अपडेट मारने की कौन-सी जरूरत आन पड़ी थी? कहाँ के ब्रैड पिट हो बे तुम जो कि पब्लिक तुमको फॉलो करेगी? एकदम से बौराते जा रहे हो तुम! मूड खराब हुआ न मेरा, तो माय किरिया, एक दिन थकूच देंगे फोन तुम्हारा! फिर घुसे रहना जाके एफबी में! साला, नेटवर्किंग साइट न हो गया, सौत हो गई कोई!

... ...

उस रात बहुत कुछ था जो मुझे बता देना था तुमको; बहुत कुछ था जो तुझे मुझे बता देना चाहिए था। तेरी नौकरी, तेरी बुलेट, तेरे दोस्त, वो कुत्ता डॉन, तेरा अचानक से वापस लौटा पुराना टशन—मुझे हर एक बात जाननी थी! लेकिन इन सब के लिए वो रात काफी नहीं थी! तू रात-भर हरकतें करता रहा था!

सुबह हुई तो मैंने पाया कि खाट की रस्सियाँ ढीली हो चुकी थीं...और मेरा गुस्सा और मेरे सवाल दोनों फिर से जिंदा होने लगे थे!

तू है क्या? क्या है तू, गोल्डन कि जब सुबह वाली क्लास का हवाला देकर मैं तुझे कॉलेज ड्राप करने के लिए बोल रही थी तो तू रामगोपाल वर्मा की फिल्मों के भाई की तरह किसी मोंटी भाई से गुड मॉर्निंग-गुड मॉर्निंग कर

रहा था। दो वर्ड का गुड मॉर्निंग बोलने में दस माँ-बहन की गाली वेस्ट करते देख गँवार लग रहे थे तुम! बोलना-बतियाना कब सीखोगे बे तुम? और फिर तू मुझे ऑटो में बिठा आया था? क्यूँ? क्योंकि गोल्डन कुमार को सुबह-सुबह जॉब पर निकलना था? तेरे जॉब की!!

तेरे लिए मेरे प्यार की एक्सपायरी डेट सच में अब बारह घंटे की हो गई है क्या?

...

ओए! जनाब! हल्लो! क्या चल रहा है? तेरे सरप्राइज से पक चुकी हूँ मैं! बिलकुल भी इनोसेंट नहीं रहे अब ये! और हमको मालूम है बेटा कि तुम कोई न कोई रायता जरूर फैलाए हो? मुनीम के असिस्टेंट हो तुम? बनाओगे हमको उल्लू?

जल्दी मिलो! और इस बार बातें करेंगे...एंड नो गंदी बात; सिर्फ काम की बात, समझे? समझ लो!

तुम्हारी रानी
डेजी

* अच्छा सुन, अगली बार से कोई और फ्लेवर लाना! मुझे स्ट्रॉबेरी बिलकुल अच्छी नहीं लगी!

सड़क मेरे बाप की है

दिल्ली; नवंबर, 2013

डियर डेजी,

हेल्लो!!!

माता रानी की फुल-फुल किरपा बरसे तुझ पर! वो सौरी, मोंटी भाई के यहाँ जगराते का अरेंजमेंट करना था, तो हल्लो-हाय-बाय कम हुआ इन दिनों! यार, कसम से! फूँक जाती है मेरी भी, इधर रोज गाड़ी चलाते-चलाते!

200 किलोमीटर पर डे के हिसाब से गेड़ी मारी है मोंटी भाईसाब ने—कभी पीतमपुरा तो कभी भजनपुरा! एक तो यहाँ इतने विहार, बाग, पुरा और नगर हैं कि साला कट पे कट लेते-लेते, गियर बदलते-बदलते मनाता रहता हूँ कि एड्रेस सही हो! चलो साला, ड्राइवर हूँ, गाड़ी चलाना समझ में आता है, लेकिन यार, मोंटी भाई साब जब तक काम के बाद साठ-सत्तर किलोमीटर गेड़ी न मार लें, इनको चैन नहीं पड़ता! चलो यार, यहाँ तक भी ठीक है! समझ में आता है, भाई हैं अपने—बॉस हमारे, दिन-भर अल्टर किसिम के लोगों के साथ अल्टर मथकुच्चन के बाद थोड़ा एंटरटेन बनता है! लेकिन मोंटी भाई बस मोंटी भाई हैं, जिस जगह बैठ जाते हैं, वो बार हो जाता है! जब माथा फिरा इनका, कांड हो जाता है! परसों शाम में ग्रेटर नोएडा वाले प्लाट पर टिक्की चबाते-चबाते दो बोतल डाउन...सन्नी बाउंसर के मुँह में नल्ली ठेल दिए! बताइए। ऐसे ही! ओपन में! क्यूँ? साला इनके सामने मैक्सवेल को सचिन से बढ़िया बैट्समैन बता रहा था! भेंचो, आईपीएल की पैदाइश, कल के लौंडे...मुँह सँभाल के बोल ले, थोड़ा देख समझ भी ले भई, बोल किनके बारे में रिया है तू! कहते हुए भाईसाब लौस्ट हिज कूल! सनी बाउंसर साला थोड़ी देर हँस-हँस के भाई के मजे लेता रहा। 'ब्रो, आप न छक्के देखो दोनों के और फिर काम्पैर करो! इस टेम हिटर बैट्समैन की चलती है, सचिन कभी स्टार था! अब भोत पिलियर हैं उसके जैसा!' सन्नी बाउंसर कभी-कभी न औकात से ज्यादा बोल जाता है। बस, फिर क्या था;

मोंटी भाई बिफर गए! और अगले मिनट उसके मुँह में गनवाला लोलीप्रोप जो दिया भाई ने! फट के इंडिया गेट हो गया बाउंसर कसम से! मोंटी भाई का बीपी भी तेरे गुस्से के जैसा है, कब ऊपर होता है, कब नीचे, पता नहीं!

एक मिनट तक मुँह में डाले रहे उसके नल्ली! 'भैन के लौंड़े, सचिन पाजी छींक देंगे न, तो तेरे जैसा दस मैक्सवेल निकलेगा! बड़ों की न रेस्पैक्ट किया कर!' मोंटी भाई इस्माइल करते हुए हम सब की ले रहे थे! आरिफ, चड्डा, क्रिस्टो सब की बाई गॉड फट के हाथ में आ गई! हम तो साला टिक्की मुँह में लिए फ्रीज हो गए! चड्डा मेरे लेफ्ट खड़ा हनुमान चालीसा जप रहा था। दो लाइन से ज्यादा याद नहीं था उसको!

उत्ती देर में बाई गॉड डेजी, सनी का हगीज मोमेंट आ गया—मूत दिया साला! मोंटी भाई टिप-टौप आदमी! गंद सहन नहीं होती! भूतनी के, पैंट पहनाओ कोई इसको, कहते हुए निकल लिए वहाँ से! बताओ—क्या जरूरत थी सीन की! वापसी का साठ किलोमीटर इस्कारपियो एक सौ साठ में दौड़ा के लाए हैं! बताओ यार—हम साला आदमी हैं या बैटमैन!

अगले ही मिनट भाई को लेकर कटे हमलोग! सन्नी बाउंसर का बॉक्सर गीला हुआ! भाईसाब...फिर जो मिजाज गरमाया उसका! कॉल करके एक जीप लौंडा सब को ठेल दिया हमारे पीछे! सन्नी बाउंसर नया-नया बौराया कमीना है—कुछ लोग हरामी पैदा लेते हैं, कुछ को हरामजदगी थोप दी जाती है और कुछ हरामीपने का ग्रामर लिखते हैं। सन्नी बाउंसर तीनों का मिला-जुला रूप है। हमारी गिनी-चुनी तीन या चार मुलाकातें हैं उससे आज तक। वो हमको बड़ी अजीब-सी निगाहों से देखता है। 'ओ बिहारी, ओ बिहारी' कह के जब पहली बार आवाज दी थी उसने...माँ कसम, उस दिन से नफरत हो गई है हमको साले से। किसी दिन खोपचा में मिला तो सूत देंगे तसल्ली से। सारा टशन पिछवाड़े से निकल जाएगा। छे फुट दो इंच का ये लौंडा रात को गुड़गाँव के पब में बाउंसर होता है और दिन चढ़ते ही मवाली। तीनों के तीनों बार जब हम इसको देखे हैं, साला, किसी लड़की को फोन पर गाली दे रहा था—क्रिस्टो बोलता है, वन साइडेड लभ वाला मैटर है कुछ, लड़की तीन महीने बाद ऊब गई थी इससे। ऊ तो बोलता है कि वो लड़की मोंटी भाई की ही बंदी है और दबी जुबाँ में ये भी कि आज भी किसी-किसी रोज चार पेग डाउन होकर ये उसकी मदर-सिस्टर करता है! अब साला कौन सही है कौन गलत, क्या पता—प्यार-मोहब्बत के मामले में आदमी पे भरोसा करना टाइम वेस्ट करना होता है। कब आपके महबूब या महबूबा का दिमाग सटके, और कब वो आपकी मार ले, कहा नहीं जा सकता! तीन मुलाकातों में कोई किसी के बारे में अमूमन कुछ ज्यादा नहीं जान सकता है, लेकिन सन्नी

बाउंसर को एक बार देखकर तुम पक्का बोल सकती हो कि इस दुनिया में विशुद्ध रूप से कमीने लोग होते हैं। और उस रात वो कमीना पागलों की तरह हमारे पीछे पड़ गया था। पर मोंटी भाई, मोंटी भाई हैं—वो अलग ही जोन में पाए जाते हैं।

'पाजी का शारजाह वाला इनिंग देक्खा है भई गोल्डन तूने? उसमें भाई ने जो करी थी पेलाई! मार छक्के, मार चोक्के, पिछवाड़ा सुलगा दिया था वारण का!'

मोंटी भाई कभी भी कुछ बोल सकते हैं! उनके मन का है सब! हम साला रिंग रोड पर फुल ट्रैफिक में सौ के ऊपर काँटा भगा रहे हैं, साइड मिरर में जीप भागती, माँ-भैन के नारे लगाती 'बाउंसर एंड कंपनी' दिख रही हो, पर कोई नहीं...मोंटी भाई को सचिन और वार्न की पड़ी होती है—मोंटी भाई, मोंटी भाई हैं!

'ये कल का साला नजफगढ़ का बाउंसर! इसके बाप को हर मैच में फर्स्ट बॉल पे आउट करता था मैं, ये भैन्चो, तेंदुलकर को सर्टिफिकेट देगा साला!'—इन्ना डोज जरूरी था, है कि नई? मोंटी भाई क्रिस्टो से मुखातिब थे। क्रिस्टो साला उसको दो लाइन समझने में दो घंटे लगते हैं, लेकिन मोंटी भाई के सामने सर हिलाए जा रहा था। सर हिलाना कितना खूबसूरत जुगाड़ है न—करंच सिचुएशन में मूर्खों का काम अक्सर सर हिलाकर बन जाता है।

'भई, येक लंबर काम किया है आपने! सचिन मल्लम गौड। ऐसे कैसे बोल देगा साला? आप बोलो बस भाई, उतर के फोड़ू क्या? साला, नवाब का नाती साला क्रिस्टो! चार हाथ मारो गिर जाएगा, लेकिन तीन बोतल डाउन इस देस में सब बैटमैन हैं!

'अबे, ये व्हाट्सएप्प कोण बीमारी है बे?' वो कुछ भी बोलेंगे! मोंटी भाई को कोई फरक नहीं पड़ता है कि गाड़ी सौ पे हो या डेढ़ सौ; मोंटी भाई सीन करेंगे और हीरो की तरह एग्जिट मार देंगे! उनको डर नहीं लगता! आगे-पीछे, दाएँ-बाएँ—मोंटी भाई अपने भेजे को ज्यादा हेडक नहीं देते!

पीछे चड्डा भाई हमेशा की तरह 'ओ भई, ओ भई, लेफ्ट से ले ले भई गोल्डेन, शार्ट पड़ेगा!' चड्डा ने मेरे नाम की माँ...सॉरी, कबाड़ा कर दिया है, यार! कभी सही से नहीं बोलता! चड्डा हद से ज्यादा डरपोक प्राणी है, हम उससे डरपोक पंजाबी आज तक नहीं देखे हैं! सबसे पहले फटती है उसकी! लेकिन लंबी-लंबी छुड़वा लो बस! 'ओ तेरा भई है न! कोई टच करके दिखाए तुझे, खोलके रख देना है मुझे! भाई का इलाका है तेरे, बोलके देखे कोई, उसकी माँ का...!' एक सौ साठ की स्पीड में, मोंटी भाई के साथ ऐसे सारे भाइयों की सबसे पहले फटती है—लेकिन लंबे-लंबे छुड़वा लो

इनसे बस! मोंटी भाई वैसे सब जानते हैं, वो बस लिटिल-लिटिल इस्माइल देते रहते हैं। उस दिन भी दे रहे थे जब बीच रोड पर सनी बाउंसर पागलों की तरह गाड़ी हमारे पीछे भगा रहा था।

'किधर से कट लूँ, भाई?' लगी पड़ी तो मेरी भी थी, लेकिन मोंटी भाई के साथ सब कूल-कूल लगता है—उसका भगवान सचिन भले है, सोचता बाबा धोनी के जैसा है वो! वो कांड करता ही इसलिए है क्योंकि उसको कांड करना होता है!

'अगली रेड लाइट से लेफ्ट ले, फिर फ्लाई ओवर के नीचे से! शीशा नीचे कर!' —मोंटी भाई को सुट्टा सुलगाना था!

'भई, सीट बेल्ट लगा लो!'—भाई जॉली मूड में थे। मैंने इस्माइल शेयर करते हुए उनको कहा।

'ले-ले मजे तू भी साले!'—मोंटी भाई इस्माइलिंग हो गए! भाई टेक्नीकल मामलों में थोड़े कमजोर हैं, सीट बेल्ट लगवा लो इनसे, इस्ट्रगल करते-करते क्यूट लगने लगते हैं!

'भाई, सीट बेल्ट लगा के ये गोगल्स डाल लो, फेसबुक पे सही लगेगा डीपी!' आरिफ बका। वो बोलता नहीं, हगता है! कुछ भी, कहीं से भी।

'सिगनल टाइप का है कुछ आगे? स्लो ले लें?'—मैं नार्मल गुंडा हूँ। पुलिस देख के मेरी अब भी फटती है! भाई किंगमेकर हैं, भाई को डर नहीं लगता।

'भूतनी के, चुप्पचाप से भगाता जा! ये ठुल्ले बस डेकोरेशन के लिए हैं इधर!' मोंटी भाई को डर क्यूँ नहीं लगता?

डेजी, लोग तारे तोड़ते हैं, पत्थर तोड़ते हैं, दिल तोड़ते हैं—तेरा यार सिग्नल तोड़ता है! थैंक्स टू मोंटी भाई, हम कभी भी, कहीं भी, कैसे भी सिग्नल तोड़ देते हैं! मोंटी भाई बोलता है—'सड़क मेरे बाप की है!'

तू जहाँगीरपुरी क्रॉस कर, भाई का किंगडम है उधर! सिन्धु-नरेला से लेके बवाना, पूरे नार्थ में भाई का चलता है! भाई टौप का बौस है इधर का! पीतमपुरा में दो जिम, कमला नगर में एक पीजी, बुराड़ी में रियल इस्टेट और यहाँ वजीराबाद में ट्रांसपोर्ट ऐसे थोड़े ही न मैनेज करता है भाई, इतना सब झोल! मोंटी लोगों को बिसलेरी पानी पिलाते-पिलाते 'पानी पिलाने' लगा। ये शायद उसे भी नहीं मालूम, लेकिन आज वो इस शहर के उन चंद मनमौजियों में शुमार है जो इस शहर से खेलते हैं!

पुलिस-वुलिस सब आम आदमी के लिए होती है! भाई को आम आदमी बहुत पसंद है! लेकिन भाई आदमी नहीं है। कभी-कभी हमको लगता है कि भाई इधर का प्रशासन है!

भाई भेजे से बिजनसमैन है और फितरत से गनमैन! वो बोलता है, जब

नल्ली से गोली निकलती है, आदमी ईमान तो क्या भगवान भूल जाता है। लेकिन अक्सर उसका काम नल्ली दिखाके ही बन जाता है। मोंटी भाई पूरे मार्किट के सबसे कूल बाबा हैं जिनको किसी चीज से तब तक कोई प्रॉब्लम नहीं होती जब वो चीज उन्हें प्रॉब्लम न दे! मोंटी भाई को देसी से लेकर इंटरनेशनल—सारी चीजों में फुल इंटरेस्ट है—अब चाहे वो लड़की का मोडल हो या गाड़ी का, वो इंडिया का पौलिटिक्स हो या अमेरिका का। मोंटी भाई को सचिन की इनिंग देखने, अपनी मिस गुलाबो को ठोकने और डेंजर-डेंजर खेल के पैसा बनाने से जब भी फुर्सत मिलता था—वो हर चीज में फुल इंटरेस्ट लेता था! कैटरीना हाँ, दीपिका भी हाँ, फाइव स्टार भी हाँ, बहादुरगढ़ का ढाबा भी हाँ, केजरीवाल हाँ, मोदी भी हाँ, भाई कभी 'न' नहीं बोलता! भाई पूरे शहर का दोस्त है! पूरा शहर भाई का दुश्मन!

कभी-कभी सोचता हूँ—'भाई ट्रेजेडी हैं या कॉमेडी ?' फिर नहीं सोचता हूँ!

बस उस दिन भी जो मैंने नीड फौर स्पीड लेवल सिक्स जैसी गाड़ी चलाई, कुल मिला के साढ़े सात मिनट की रेसिंग के बाद मामला सेट हो गया! हम वजीराबाद इंटर क्या हुए, बाउंसर सटक लिया! ये कालोनी नहीं, किल्ला है! इधर भाई सबको जानता है! इधर सब भाई को जानता है! इधर अच्छे-अच्छों की लंका लग जाती है! यमुना किनारे खतों में ढेर सारे गड्ढे हैं, उन गड्ढों में ढेर सारी लाशें हैं—सनी बाउंसर इस बात को अच्छी तरह जानता था। इसलिए वो कट लिया!

चड्डा साला उतरते ही शुरू हो गया—'उधर ही उतर के दे रहा था मैं तो भई, तुम लोगों ने रोक लिया!'

मैं गाड़ी पार्क करता हूँ! ऊपर छत से गुलाबो को मोंटी भाई को फ्लाइंग किस देते देख शरमाता हूँ। भाई, गुड नाइट, मैं बाहर निकलता हूँ! चड्डा और क्रिस्टो हनी सिंह की टोपी की साइज के बारे में कुछ डिस्कस कर रहे थे। रोज की तरह उनकी बकचोदियों में शरीक होने के आमंत्रण को इग्नोर करते हुए अपनी फूली हुई टाँगों को घिसटता कमरे में पहुँचता हूँ! रात सुबह हो जाती है। दर्द बचा रहता है।

यार डेजी, मैं ड्राइवर हूँ! मोंटी भाई का! मोंटी भाई इधर बिजनेस करते हैं! दबा के! उन्हीं का स्कार्पियो चलाते हैं हम! अब तुम हमसे आगे-पीछे, दाएँ-बाएँ, क्या, कैसे, क्यूँ जैसे सवाल पूछोगी—मालूम है! और तुम्हारे सारे सवालों का मेरे पास बस एक जवाब है—मेरे पास कोई और चवाइस नहीं है! हम जो हैं, वो इसलिए क्योंकि हमें यही होना था। और ऐसा क्यूँ हैं, ये सोचना टाइम खराब करने जैसा ही है। फिर हम ठहरे साला लोअर से भी लोअर मिडिल क्लास आदमी—सोचना मेरे लिए लक्जरी के जैसा है और ये

हम अफ्फोर्ड नहीं कर सकते।

इस शहर में मजदूर तब तक मजदूर रहता है जब तक माता रानी ऊपर से कुछ हेबी किरपा न बरसाए! आज से सतरह रात पहले लाइफ में पहली बार माता रानी फील हुई थी!

नेयाज के साथ पंद्रह दिन खूब बकचोदी की हमने! हम दोनों में से किसी को भी दिल्ली समझ में नहीं आती थी, तो रोज शाम डॉन कोर्लेओने को घुमाते हुए हम हैरत-भरी आँखों से दिल्ली और यहाँ के मकानों को ताकते रहते थे। मकान बनाना बहुत मुश्किल काम है—प्योर लेबर है यार! इस शहर में मकान बहुत हैं, घर कम! बड़े शहरों के बड़े मकान इनसान की हाड़ चूस लेते हैं! साला, सुबह के सात से लेकर शाम के सात तक इनसान मशीन जैसा मरता है, अपने पीछे बच्चे, बीवी की पूरी फौज लेकर! बनते हुए ढाँचे के नीचे की पार्किंग में, ईंट, गारे और सीमेंट में सने साठ आदमी छह महीने तक एक साथ रोते-हँसते, जीते-मरते, हगते-जनते रहते हैं—और तब जाकर एक मकान बनता है! नेयाज उन सबको मैनेज करता है। एक-एक रुपया दिहाड़ी का हिसाब रखता है। दवा-दुआ-दारू, गाली सब देता है... लेकिन बेगाने से इस शहर में, नेयाज ही उनका दोस्त था, और हम नेयाज के!

लाइफ बहुत नौर्मल-सी थी! सुबह से शाम हम और नेयाज साइट पर बैठे आसमान ताकते रहते थे! नेयाज बहुत ज्यादा नहीं बोलता था! उसको गाना सुनना और आसमान ताकना बहुत अच्छा लगता था! वो बोरिंग था, लेकिन दोस्त था! इसलिए हम भी उसके साथ आसमान ताकते रहते थे।

लखन भाई भी तीन दिन में मजबूर हो गए थे, सो हमको अपना जुगाड़ देखने के लिए बोल दिए थे। दिल का अमीर आदमी अक्सर पौकेट से गरीब होता है! अपना टाइम अब अक्सर नेयाज के साथ कटता था! लखन भाई के रूम और कुत्ता डॉन से तीन दिन में ही मस्त याराना हो गया है! चिकन-मटन सब वहीं चलता है! किसी दिन तुमको लेके चलेंगे!

खैर, अपनी जिंदगी नेयाज के दिए 150 रुपए दिहाड़ी के सहारे घिसटती जाती, अगर उस रात हम वो जबर एग रोल खाने न निकले होते! इधर यूनिभरसिटी का जबर-सा कैंपस है, नेयाज बोलता था कि उधर जन्नत है! बुराड़ी में शाम मनहूस होती है। मुझे जन्नत देखना था, और फिर हम जन्नतवाली मैट्रो की भीड़ हो लिए! इस शहर की भीड़ शाम को अलबला क्यूँ जाती है? खैर, आधे इनसान-भर की जगह में ठुँसे हुए, मुँह में पान की घंटे-भर पुरानी पीक दाबे हुए नेयाज और मैं, बगल में खड़ी नारंगी बालोंवाली लड़की के सर को घूरते-घूरते, किसी तरह से यूनिभरसिटी पहुँचे! जैसाकि इस मुल्क की तमाम यूनिभरसिटी में होता है, तमाम किस्म के लौंडे तमाम किस्म की लौंडियों

के साथ तमाम किस्म के कारनामे कर रहे थे—मोमो के ठेलों से लेकर चाय की रेहड़ियों तक—हर तरफ प्यार का कारोबार चालू था!

नेयाज ने अपनी जिंदगी में इससे पहले एक साथ इतनी सुंदर इतनी लड़कियाँ नहीं देखी थीं! लिहाजा वो भक्क मारे, सर गोंते तेज-तेज चलने लगा था! नरभसा तो हम भी गए थे बाय गौड, लेकिन फिर अगल-बगल खड़े रिक्सा वालों को चैन से खैनी बनाते, नयनसुख लेते हुए देख, हमें थोड़ा कॉन्फिडेंस आया!

हम चलते रहे, ताकते रहे, सोचते रहे, खोते रहे, चुप रहे! यूँ चलते-चलते हम कमला नगर बाजार में थे! वहाँ लंबी गाड़ियाँ थीं, हाथों में चूड़ियाँ खनकाती हुई जीन्स पहने पंजाबन आंटियाँ थीं, शार्ट स्कर्ट में बेफिक्र बिलकुल तेरे जैसी लड़कियाँ थीं, भड़-भड़ करती बुलेट पर मर्द-मर्द सा दिखने का ढोंग रचते कुछ टौप क्लास लंपट थे, सिगरेट का धुआँ था, लंबी गाड़ियों का शोर था, भीड़ से बजबज करते फुटपाथ पर रोल खाते जोड़े थे, उनके वजन को नाप रही एक बुढ़िया थी और उसकी पोती थी, जो पता नहीं क्यूँ उस भीड़ में क्लास थ्री की हिंदी किताब में ताक रही थी! अंग्रेजी के हेबी नाम वाली दुकानों के खुलते-बंद होते दरवाजों की एसी की ठंडक आते-जाते इनसान को ललचा के चिकोटियाँ काट रही थी! ठीक सामने की पटरियों पर पचास रुपए के क्लिप के लिए कोई लड़की कंज्यूमर राइट्स के नारे लगा रही थी, सच बताना, मारकेटिंग में बारगेनिंग करने से लड़कियों को सच्ची में आरबेजम आता है क्या?

तो जैसाकि होना था, और जैसाकि हुआ, पंद्रह मिनट के अंदर खूबसूरती का ऐसा सीधा प्रसारण देखकर नेयाज सदमे में चला गया! हम रोल की दूकान खोजने लगे! वहाँ ठेले कम, दुकानें ज्यादा थीं! अगले आधे घंटे तक हम फुल टशन में अंदर से बाहर होते रहे! यार, तेरे शहर में अंडे के रोल पर सोने का पानी चढ़ाया जाता है क्या? चलो, माना कि आपकी दूकान में जमाने-भर की नाजनीनों का धमकना होता है, पर मियाँ, इसका टैक्स आप एग रोल पर लगा दो, ये सही नहीं! 'बताइए महाराज, सत्तर रुपया का कहीं एग रोल होता है? दू गो अंडा, एगो प्याज और तीन तरह का पनियल-सा सौस—ई भी कोई रोल हुआ!' नेयाज बेचारा रोल खाते-खाते हलकान हो गया था! डेजी यार, जोश-जोश में उस दिन हमने जो एग रोल खाया, साला हर बाइट पर मौर्यालोक वाला पटना रोल सेंटर याद आने लगा! बीस रुपए में दिल अंडा-अंडा हो जाता था, बाई गौड रोल खाके!

हमारी जेबें तकरीबन खाली थीं और इससे पहले कि हम कंगाल होते, वहाँ की रंगत देखते हुए हमने कट लेना ही बेहतर समझा!

हमको मालूम है जन्नत की हकीकत लेकिन, दिल को खुश रखने को

गालिब का ये ख्याल अच्छा है! कहीं ऐसा कुछ सुना था, याद आया।

सत्तर रुपए के पापी रोल को खाकर नेयाज मियाँ को ऐसा झटका लगा कि उन्होंने वहाँ से बुराड़ी, हमारे अड्डे तक पदयात्रा करने का फरमान जारी कर दिया! उनका ये फैसला चाहे जितना भी बेतुका क्यूँ न हो, सीधे दिल से निकला था! इसलिए हमने उनका सम्मान करते हुए चुपचाप चलना शुरू किया!

'कोई पसंद आई कि नहीं?'—हमने पूछा!

'ए टू जेड!'—नेयाज ने आँख मारी!

'एगो बात बोलें, भिया, कभी-कभी हमरो मन करता है—पब्लिक को ऐसे ही अंडा खिला के चूतिया बनाने का!'—नेयाज बोल रहा था।

'सच्चे? आता है जी तुमको ई सब बनाने?'—हमने पूछा!

'ओकरा सब से बढ़िए न बना लेंगे! बाकी खाली पूँजी के मारल हैं हम लोग!'—नेयाज सच बोल रहा था।

हम ठठाकर हँस पड़े थे! जेब जितनी खाली हो, दिल उतना ही आवारा होने लगता है!

पूँजी! उस टाइम लगा जैसे छाती पे कोई जोर से मुक्का मार दिया हो। पता नहीं काहे, लेकिन नेयाज की खाली आँखों में देखते हुए हम अपने आप से कसम खा लिए थे कि इस शहर में एक दिन उसके साथ मिल के अंडा रोल की दूकान जरूर खोलेंगे!

खैर, इस कहानी में अंडा रोल का बुनियादी रोल बस एतना-सा ही है कि न वो रोल होता, न नेयाज वापस आने के लिए चरन दास की शरन में जाता, न चलते-चलते रात के दस बज जाते और न ही मोंटी बिसलेरी का दर्शन हमको होता!

बुराड़ी के आगे जहाँ शहर शराफत का चोला उतार कर कमीना होने लगता है, हम उसी हाईवे के किनारे चले जा रहे थे। हम दोनों के कानों में रेडियो बज रहा था! इस शहर में सबसे अच्छा यार एफएम है! दिन-भर मोहल्ले के छूटे दोस्त सब के जैसा बकर-बकर करते रहता है। रात के साढ़े ग्यारह बज रहे थे! कोई आदमी जबरदस्ती की हेबी आवाज में छूटे हुए शहरों की ओभर सेंटी कहानियाँ सुना रहा था!

'झिलमिल सितारों का आँगन होगा, रिमझिम बरसता सावन होगा!' लता जी को सुनते हुए हम सेंटी मारे जा रहे थे! तुमरी कसम, इनको जब भी सुनते हैं, हमको अपनी अम्मा याद आ जाती है!

हम दोनों चले जा रहे थे! कहने के लिए कुछ खास नहीं था! और ऐसे में, न जाने कहाँ से हमारे सामने, वो डोलती हुई इस्कारपियो आ गई! फिर किसी बेवड़े की तरह बाएँ से दाएँ कटते हुए, जो वो सड़क किनारे गड्ढे में

गिरी, हम दोनों सन्न रह गए!

गाड़ी के भीतर से किसी के चीखने की आवाज आई थी! इंडिया के किसी भी कोने में जब किसी को चोट लगती है, माँ का नाम जबान पर आ ही जाता है!

हम दौड़कर अपना मानव-धरम पूरा करने के लिए उस गाड़ी के पास पहुँचते, तभी एक बुलेट पीछे रोड पर जा लगी! दो लौंडे बाइक से उतरकर आगे बढ़ने-बढ़ने से हो रहे थे! नेयाज सीधा-सादा मजबूर किस्म का मजदूर है, मार पिटाई कम देखी उसने! उसकी फट गई!

'चलो रे भाई! भागो'! मार-उर देगा रे ऊ सब, भाग, भाग रे गोल्डन!'—वो परेशान—परेशान हो अपनी जायज सलाह देने लगा!

हम नेयाज को फुल औन इग्नोर मार के आगे गाड़ी की तरफ बढ़ते रहे! दुन्नो आदमी भी आहिस्ता-आहिस्ता हमारी ओर बढ़े जा रहे थे!

फिर अँधेरे में नेयाज हमको अकेला फैंटमगिरी करने के लिए छोड़ गुम हो गया, दरबनिया मार के! ऊ आम आदमी था और आम आदमी डेरिंग नहीं करता! ठिक्के है!

लेकिन डार्लिंग, न जाने क्यूँ ऐसे टाइम पर हमको भीतर से किक मिलने लगता है! हमको बचपन से ऐसे डेंजर टाइम में पता नहीं क्यूँ, लाइफ सबसे ज्यादा अच्छी लगती है! बचपन से! तो बस, हनुमान जी का नाम लेल्ले हम एक फुल्ल कांफिडेंस में आगे बढ़ते रहे!

डार्लिंग, फायरिंग हुआ था गाड़ी पर! पिछलका शीशा पर मार गोली छेदम-छेद कइले थी पार्टी! जिस शहर के सावन में सुखाड़ रहता है, वहाँ के खेत में कादो कीचड़ कहाँ से आया, ये सोचते हुए, हमने खिड़की से अंदर झाँका!

पीछे वाली पार्टी के पैर की आवाज बता रही थी कि दुन्नो अंदर स्टेयरिंग पर लुढ़के भाईजान का क्लीन स्वीप करने पर आमदा थे! गाड़ी के भीतर स्टीरियो पर वही आंटी बजे जा रही थीं—'जो भी हम मिले तो क्या मिले, वही दूरियाँ वही फासले!'

जो हम न होते डेजी, मोंटी बिसलेरी उस रात, दारू के नशे में गजल सुनते-सुनते अल्लाह को प्यारा हो जाता!

इंस्टंट रिएक्शन देते हुए हम बखोरापुर वाली माता का नाम लेकर गाड़ी में जम्प मारके घुस गए! तीस सेकंड, बस तीस सेकंड के भीतर, मोंटी भाई के पचासी किलो के फ्रेम को दूसरी सीट पर धकियाने, दो ट्राई बाद इंजन चालू कर, बैक गियर में गाड़ी को उस खेत में पीछे खींचने का जो काम किया तेरे यार ने, बाई गौड काम बन गया! अम्मा का नाम मुँह पे था, और आँखों में तेरा चेहरा मेरी रानी—हमने पीछे मुड़-मुड़ के गाड़ी को सीधे हाईवे पर

खींच लिया! दू ठो हवाई फायर किया था बकलोल सब इस बीच—लेकिन घुप्प अन्हरिया में अच्छा-अच्छा शूटर का निशाना फुस्स होते देखे हैं हम! सब कोई हाजीपुर वाला पिंटू शर्मा थोड़े हो सकता है कि अमावस की रात में फतुहा मोड़ के नजदीक बीड़ी जलाते हुए दाग दी और गोली सीधे कनपट्टी के भीतर जाके पारटी को भितरामपुर पहुँचा दे!

डार्लिंग, उस वक्त हम गाड़ी को चला नहीं, हाँक रहे थे! मोंटी भाई सलामत तो थे, लेकिन होश में नहीं! पीछे वही ओनली वनखास आंटी ई सब ड्रामे के बीच बजे ही जा रही थी—'वो जो हम में तुम में करार था!'

लगता है तेरे शहर ने कई दिल तोड़े हैं!

ये हम उस समय नहीं सोच पाए थे! उस वक्त तो हाईवे पर आते ही, माँ कसम, बड़ा हल्का-हल्का फील हुआ था हमको! इनसान की जान कभी बचाकर देखना, बड़ा मस्त फील होता है! बड़े दिनों बाद गाड़ी हाँकने का मौका मिला था! सड़कें अनजान थीं, और सुनसान भी! तो बस अगले दो मिनट में काँटा एक सौ बीस छू रहा था, और तेरा यार ट्रक पे ट्रक ओवरटेक किए जा रहा था! एतना दिन बाद हाँकने का मौका मिला था, मोंटी भाई भी चुपचाप लुढ़के हुए थे! उनका हेबी फ्रेम सही सलामत था, सिवाय उनकी खोपड़ी के जो एक टाँके में ठीक हो जानेवाली थी! मोंटी भाई मर्द हैं! और मर्द को...हा-हा-हा...दर्द नहीं होता! हम चुपचाप एक आइटम नंबर चालू किए और गाड़ी सीधा आगे भगाते रहे!

जिंदगी में दूसरी बार स्कार्पियो चला रहे थे हम! एक नंबर सस्पेंशन है इसका, और डार्लिंग जब से इलेक्ट्रौनिक स्टेरिंग लाया है न, ई गाड़ी रोएल मस्का हो गई है! ड्राइविंग करो तो साला योगा जइसन लगता है!

फिर अगले एक घंटे तक सड़कों पर यहाँ से वहाँ करने के बाद, भौर होने लगी! इस बीच मोंटी भाई का फोन बजता रहा था! हमारी हिम्मत नहीं हुई उठाने की!

फिर एकदम से मोंटी भाई आँखें मलते उठे, फोन उठाया!

'भैंचोद, तंवर था साला, करनाल से ही लगा हुआ था पीछे!' मोंटी भाई हमारी तरफ फोन को वाकी-टाकी जैसा पकड़े बक रहे थे।

'ओए चूतिए, कहाँ ले आया है, वजीराबाद ले!' मोंटी भाई ने हमारी तरफ देखा और कहा—ऐसे, जैसे कुछ हुआ ही न हो!

'ऐसा है मिसरा जी, तेरी नेतागिरी न इक दिन मरवाएगी मेको!'—मोंटी भाई बात करते रहे और मैं चुपचाप गाड़ी भगाता रहा!

मोंटी भाई अनुभवी आदमी हैं, शॉक में भी स्माइल करते-करते भाँप गए

कि हमको इस शहर की सड़कों के बारे में घंटा कुछ मालूम नहीं है!

'आगे से यू टर्न मार के सीधा ले ले! और गाना बदल भैंचो, कान फाड़े हुई है तेरी मुन्नी!'—कहते हुए मोंटी भाई ने फिर से वही पुरानी गजल लगा दी!

मैं भन्न-भन्न गाड़ी को भगाए जा रहा था! आंटी जी फिर से बजने लगी थीं! चार बज रहे थे और मोंटी भाई ने तभी मेरा नाम पूछा था!

आई नो तुझे फिल्मी लगेगा, लेकिन डार्लिंग, अब तेरे यार को अंडे का रोल खाने के लिए सोचना नहीं पड़ता! गाड़ी दन-दन भागती है अपनी क्योंकि ये सड़क हमारे बाप की है! और बहुत जल्दी हम इस शहर को अंडे वाला रोल खिला अपनी जिंदगी जिंगालाला कर लेंगे!

चुम्मे के इंतजार में...

तेरा
गोल्डन

* अच्छा सुनो न, तुमरा दाँत दरद ठीक हुआ कि नहीं? तुम बाबा वाला टूथपेस्ट क्यूँ नहीं यूज करती हो बे?

तुम बड़ी रिच को क्यूँ नहीं जानते

दिल्ली; नवंबर, 2013

गोल्डन जी,

तो मेरा बॉयफ्रेंड अब गैंगस्टर है! वाव, ये सुनने में कितना एक्साइट करता है न—तू मेरा फैजल, मैं तेरी मोहसिना! सही है मेरे भीखू महात्रे! लगता है जिंदगी न हो, साली, अनुराग कश्यप की नींद वाले सपने हो गई हो जैसे! खूब मचाया है लौंडे ने! बेटा जी, कसम से, इन्ना प्राउड फील हो रहा है, इन्ना प्राउड फील हो रहा है, कि नहीं बताएँगे कि कैसा फील हो रहा है! तुम होपलेस होते जा रहे हो, गोल्डन! ज्यादा सोचती नहीं हूँ तुम्हारे बारे में अब, सोचूँगी तो सर फट जाएगा मेरा! गो गेट स्क्रूड! सो, बेसिकली अभी सुबह के तीन बज रहे हैं, दिल्ली

ठंडी होने लगी है! हम चार लड़कियाँ कॉलेज हॉस्टल के ओपन एयर थिएटर में, ठंड से सिकुड़ी, सुट्टे और धुंध की चादर में, फुल ऑन जैमिंग कर रही हैं! रम्या गिटार के तारों के साथ फोरप्ले कर रही है, किंडो आज उस्ताद राशिद खान फिदा पर फिदा है—'आओगे जब तुम ओ साजना, अंगना फूल खिलेंगे'। 'जब वी मेट' याद है? अपनी पहली फिलिम जो साथ में देखे थे हमदोनों! मोना में दिखाए थे स्कूल से भगाके हमको तुम। पहली बार ही पॉपकॉर्न के लिए क्लास फाइव के बच्चे जैसा झगड़ा किया था तुमने हमसे? खैर छोड़ो, सिनेमा हॉल में बत्ती बुताने के बाद तुमको कुछ याद नहीं रहता! यार, ये हरलीन हर टाइम इतनी हॉट क्यूँ लगती है, यार? काश मैं लड़का होती, गोल्डन! कस्सम से कुछ-न-कुछ हो जाता! उफ्फ! मैं लड़का क्यूँ नहीं हूँ, गोल्डन! लगी पड़ी है मैडम पिछले ढाई घंटे से अमर कॉलोनी के अपने जिम ट्रेनर से, कभी सीढ़ी पर लेफ्ट राइट होती है, कभी घास पर रोल—इक्कीसवीं सदी में सबसे अच्छा योगा मोबाइल पर ही होता है! बोलती है, फील आ जाता है! गोल्डन यार, तुम फोन पर इतने शरीफ टाइप से क्यूँ बात करते हो? थोड़े तो कमीने हो जाओ बे, अब सर्दियाँ आनेवाली हैं!

सुबह नहीं हुई है! हो भी जाए तो क्या? कल वाली तीनों लेक्चर बंक मारनी ही है! हमारी आवारगी लिमिटलेस होती जा रही है! गार्ड भैया भी हम लोगों को ताड़-ताड़ के समझ गए हैं कि लइकी सब पहुँचल चीज है! सुबह-

सुबह भर-मुँह पान लिए हमको देख के चवनिया मुस्कान पेश करने लगे हैं रोज अब! सब क्रीप बोलते हैं उनको यहाँ, हमको बड़ा स्वीट लगते हैं वो!

हाथ में ड्रम की स्टिक्स घुमाते-घुमाते मैं बड़ी रिच को पढ़ रही हूँ! तुमको मालूम है, गोल्डन, 1940 के आसपास अमेरिका में एक पगला ड्रमर पैदा लिया था—बडी रिच! एकदम तुमरे जैसा बिसखोपड़ था, जैसे तुम बिना किसी से सीखे-सिखाए मोहल्ले में हीरो होंडा चलाना सीख लिए थे न, इसने भी ढाई साल की उम्र में ही चम्मच बजाते-बजाते अपनी रिद्म निकाल ली थी! कल किंडो ने जब इसके बारे में बताया, तब से इसके बारे में पढ़-पढ़के आँखें सुजा ली हैं मैंने! तीन साल की उम्र में पहली परफॉरमेंस दी थी इसने, और तब से लेकर आनेवाले चालीस सालों तक ड्रमिंग की दुनिया का बेताज बादशाह था बडी रिच! इसने बजाना कहीं नहीं सीखा था, कूल है न, बिलकुल हमारी तरह! बजाना कोई सीख भी कैसे सकता है? इस इनसान को जाना तो जाना कि हमने दुनिया कितनी कॉम्प्लेक्स बना रखी है! म्यूजिक और इश्क दोनों का एक जैसा ही हाल है अपने यहाँ—'ये बस हो जाते हैं'। इस बात को जान-समझ के इग्नोर मार हम पागलों की तरह इन्हें सीखना चाहते हैं! प्यार करना भी कोई सीख सका है क्या? ठीक वैसे ही जैसे म्यूजिक सीखना अपने आप में एक बहुत बड़ा मिथ है! है न गोल्डन? हम अजीब समय में जीने लगे हैं, गोल्डन, जहाँ प्यार भी कारोबार बन गया है, म्यूजिक तो पता नहीं कब से!

मैं ड्रम स्टिक को घुमाती हुई इन चारों झल्लियों को गौर से देखती हूँ! एलएसआर में सपने देखना कितना अच्छा लगता है, क्या बताऊँ तुमको! यहाँ से आसमान बहुत पास लगता है, जैसे हाथ बढ़ाओ और छू लो! मुझे इस लाल बिल्डिंग के चारों तरफ की दुनिया पर अपनी मिल्कियत-सी क्यूँ लगने लगी है! पिछले चंद महीनों में खुद के भीतर के रिबेल, जिसे मैं हमेशा से भरम समझकर लताड़ती आई थी, उस रिबेल को रेस्पेक्ट क्यूँ करने लगी हूँ मैं?

तुमको पता है, हम चारों ने एक साझा सपना देखना शुरू किया है—अपना खुद का बैंड बनाने का, झन्नाटेदार-सा सुहाना सपना, जिसे मेरे आने के कुछ दिनों बाद हम चारों ने मिलकर बुना है! कॉलेज की म्यूजिक सोसाइटी बहुत प्रेडिक्टेबल-सी है, गोल्डन, वहाँ सब ए.आर. रहमान के ही सगे हैं! एक ही तरह की पॉलिश मारी हुई आवाज में...वही पुराना बासी बोरिंग आलाप लेती रहती हैं सब—वही पुराने ट्रैक, वही पुरानी बीट! इस कॉलेज में जो कुछ ऑफिसियल है, वो इतना बोरिंग क्यूँ है, गोल्डन? इस कॉलेज से कोई टेलर स्विफ्ट क्यूँ नहीं निकलती, गोल्डन? यहाँ बड़ी रिच क्यूँ नहीं पाए जाते? इधर बातें तो सब ढेर सारी करते हैं, पर एक भी ओरिजिनल ट्रैक लिख के गा क्यूँ नहीं पाते? मुझे भोजपुरी में फ्यूजन लिखना है, किंडो सादरी

के गानों को बेस गिटार पर इतने अच्छे से कैसे ढाल लेती है? हम कब तक म्यूजिक के नाम पर अजीबोगरीब कपड़े पहनकर धुआँ उड़ाते हुए हिंदी फिल्मी गाने सुननेवालों का मजाक उड़ाने का लाइसेंस पाते रहेंगे? इस देश में सब कुछ फैशन क्यूँ है? हम कुछ नया कब गुनगुनाएँगे?

ये तीन लड़कियाँ जो अभी यहाँ उन्नींदी आँखों से साथ चढ़ते-उतरते-फिसलते-किलकते सुरों में जमाने-भर के सिंगर की तान से लोहा ले रही हैं—वो किस नशे में रहती हैं, गोल्डन, मैं सोच-सोच रह जाती हूँ! ये कौन-सा बैंड है, गोल्डन, जहाँ किसी के पास भी अपना कुछ भी नहीं है—सिवाय जूनून और आवाज के! ये कौन-सी लड़कियाँ हैं जो घंटे-भर में कुछ से कुछ हो जाती हैं—जो कभी सिंगर, तो कभी दीदी, कभी सीनियर, कभी बच्ची, और कभी शोना बाबू! ये लड़कियाँ जो मूड स्विंग की दूकान हैं, ये लड़कियाँ जो चौबीस कैरेट खरी लड़कियाँ हैं, ये लड़कियाँ जो जैमिंग करते वक्त जमाने को भूल जाती हैं और लास्ट नोड के खत्म होते ही हॉस्टल के कॉरिडोर से चोरी हुई अपनी ब्रा का रोना शुरू कर देती हैं—ये कैसी लड़कियाँ हैं? ये कौन-सी लड़कियाँ हैं जो जमाने को अपनी उँगली पे नचाने के बाद भी आधी रात में सब से छुपकर सामनेवाली की फेसबुक आईडी से खुद को ब्लॉक कर चुके चेहरे को टुकुर-टुकुर ताकते हुए मिसरी जैसी गालियाँ देती हैं? ये कौन लड़कियाँ हैं जो दिल्ली से दिल लगाने के लिए अपने पीछे अपना जमशेदपुर, पंचमढ़ी और मोहाली छोड़ आई हैं? जान लो, हम पाँच खुद को 'एक्स वर्जिंस' कहते हैं—किंडो बोलती है, इस नाम में स्वैग है! और यही हमारे होनेवाले बैंड का नाम भी है!

तुम मिले नहीं हो न किसी से कभी? अपनी फैंटमबाजी से कभी बाज आना तो मिलाऊँगी कभी सबसे! रम्या मेरी रूममेट है! याद है उसके कमरे में चिपके बॉब मारले की तस्वीर देखकर मितली-सी आ गई थी मुझे? उसका पहली शाम सिगरेट फूँकना कितना बड़ा शो-ऑफ लगा था मुझे? फिर धीरे-धीरे सब ठीक हो गया था, गोल्डन! थोड़ा-सा मैंने अपने पटना को साइड किया, थोड़ा उसने अपनी दिल्ली को —और फिर यारी के लिए जगह बन गई! छोटा शहर—बड़ा शहर, गोल्डन, ये सब फिल्मों और कहानियों वाला चुतियापा है, यार! यहाँ आकर जाना कि अट्ठारह की उमर में लड़कियाँ सिर्फ लड़कियाँ होती हैं, शहर नहीं!

हम चारों एक्स वर्जिंस में सबसे दिलचस्प पीस है—रम्या! क्लास सिक्स से गिटार बजा रही है! माँ-बाप दोनों भारत सरकार के नौकरशाह हैं! एलएसआर से पहले सात बोर्डिंग स्कूल में दुनिया-भर के कारनामे करके आई हैं मैडम! बॉब मारले के प्रेम में मीरा बनने से पहले जेवियर नाम के

बत्तख के साथ इनसानी इश्क किया था मैडम ने! कहती हैं, उसकी आवाज में पिघले डार्क चॉकलेट-सी फील थी! दोनों साथ में अपना बैंड शुरू करनेवाले थे! फिर जेवियर को बड़ा मौका मिल गया! वो इक्कीसवीं सदी का समझदार आशिक था! रम्या कहती है, उसके मुंबई जाने से पहले उस शाम वो आखिरी बार रोई थी—वो रोती नहीं, अगर बेकरी के बाहर हर शाम की तरह वो शुरू न हो जाता! गाना उनके बीच का इकलौता रोमांस था! फिर ब्रेक-अप हो गया! ब्रेक-अप हमारे दौर का सबसे तगड़ा रोमांस है! इंग्लिश पढ़ने आई है लड़की, लेकिन पर्चों में कीट्स के सॉनेट के बजाय एरिक क्लैपटन पेल आती है! न जाने कैसे पास कर जाती है?

किंडो अपने बैंड की झारखंडी बाला है! उससे कभी 'ऐ हमर पूनम' वाला गाना सुनना, फोक को ऐसे हिप-हॉप होते मैंने कभी नहीं देखा था! नॉन वेज खाना, नॉन वेज जोक्स और हिंदी गानों की नॉन वेज पैरोडी के अलावा किंडो कुत्तों को अजीब तरीके से भगाना जानती है! अबे, तुमको भी कुत्ता सबसे डर लगता है न! लो तुमको एक मंतर देते हैं—जो हम किंडो से सीखे हैं! कुत्ता दर्शन होते ही बेटा जोर से दो बार 'हाड़ी कुकुर—हाड़ी कुकुर' का जाप करना! कुत्ता केतना भी खतरनाक क्यों न हो, सुनते ही कट लेगा! बाई गॉड, इट वर्क्स! किंडो इज ऑस्सम! उधर को ओद्दे बोलती है, इधर को एद्दे! किंडो, वायरलेस पोर्ट कहाँ है—ओद्दे! किंडो, स्टिक्स कहाँ है? एद्दे! किंडो मस्त है! एक साल सीनियर है मेरी! लेकिन हर पेपर में कायदे से बैक मारते-मारते साथ हो ली है! कहती है, हमारे बैंड के लिए अच्छा है—वो ज्यादा टाइम दे पाएगी, नी तो मेरा बाबू हमको झारखंड पुलिस भरती में दो सौ मीटर का रेस दौड़ते हुए देखने के लिए तैयार बैठा है! कभी किंडो को गाते हुए सुनाऊँगी तुमको!

और आखिर में हम सब की अम्माएँ हमारी इमरान हाशमी—हरलीन कौर फ्रॉम मोहाली! जवानी का उफान मारना सुना था, इसकी जवानी तो सुनामी है! हॉट है ऐसी कि आधा एलएसआर मारे जलन के इससे बात नहीं करता। वो नहीं जानती है कि वो कितनी सेक्सी है, और यही उसकी सबसे सेक्सी बात है! मैं घंटों उसे ताकती रह सकती हूँ! तुम उससे नहीं मिलोगे, गोल्डन, तुम्हारी नजरों पर हमको फुल कॉन्फिडेंस है, एक स्माइल पर करप्ट हो जाती हैं! हरलीन पंजाब की होके भी पंजाबन नहीं है—मतलब सरसों दी रोटी मक्के दी साग, भांगड़ा गिद्दा टाइप्स! उसे टैगोर अच्छे लगते हैं, वो हिंदी पोएम्स पढ़ती है! वासेपुर का एक-एक डायलाग रटा हुआ है लड़की का—ई एलएसआर है। यहाँ मर्द एक पैर से चलता है और दूसरे से अपना इज्जत बचाता है—वो इम्प्रोमाइज करने में उस्ताद है—चाहे वो उसकी बातें

हों या परफॉरमेंस, वो बचपन से लीक की रेड़ मारते हुए आई है! सिंगार-पटार किए बिना बिस्तर भी नहीं छोड़ती है लड़की! एक बार कुरती दिलाने ले गई थी मुझको! कसम से, उस दिन पता चला था हमको कि शॉपिंग का नाम सुनते ही तुम काहे गरमा जाते हो! एक कुरती खरीदने में चार आलू टिक्की, दो प्लेट मोमोज, एक जोड़ी सैंडल, जमाने-भर की व्हाट्सएप्प जोक्स चखने-चखाने के बाद, तीन घंटे खर्च दिए थे हमने! लाजपत नगर मार्किट में मोमोवाले से लेकर शोरूम वाले तक—हरलीन सबको जानती है! बातें करना भी आर्ट है बे, गोल्डन! और पता है, इन सब के बीच सबसे खूबसूरत क्या है? हरलीन के पापा अब भी उसको आप कह के बुलाते हैं!

तो बस, हम चार यूँ ही हैं, ऐसे ही, बेवजह—गिटार, ड्रम सेट और माइक के तारों से गुँथे-गुँथे-से! हर जैम सेशन के बाद कुछ-कुछ दोस्त-सी होती जाती रेस्टलेस आत्माओं से बना एक्स-वर्जिंस वो बैंड है—जिसके होने की वजहें हम सब के लिए अलग-अलग हैं! रम्या का बच्चा है ये बैंड! ये उसका रिवेंज है, जेवियर से शायद! किंडो का किक है इसमें, क्योंकि उसे गाने के सिवा और कुछ भी अच्छा नहीं लगता! हरलीन को पार्टियाँ पसंद हैं, और हम पार्टियों में परफॉर्म करते हैं! पहाड़गंज, हौजखास विलेज, ग्रीन पार्क—ये वो इलाके हैं जहाँ इस शहर में रात सबसे जवाँ और नशीली होती है! इस शहर के म्यूजिक सीन का रम्या बड़ा मजाक उड़ाती है। वो कहती है, रात को दिल्ली में असली लोकतंत्र उतरता है—नशेड़ियों का, नशेड़ियों के लिए, नशेड़ियों द्वारा! मालूम है तुमको, गोल्डन, पहाड़गंज के शेडी कैफे में रात ढलते ही धुआँ उठने लगता है—खुमार, प्यार, गिटार और तकरार से मिला-जुला हुआ-सा इंटरनेशनल धुआँ! भुतहा-सी इन जगहों पर अक्सर कुछ भुतहा से नगमें जाम-दर-जाम ढलते चले जाते हैं! पहाड़गंज गरीबों का लास वेगास है! बेरहम-सी इस दिल्ली में मेरे लिए मेरे जैसा, जैसे का तैसा टुकड़ा। हर बार मुझसे वैसे ही मिलता है—बिखरा-बिखरा-सा, 'देव डी' वाली एग्जेक्ट फीलिंग देता हुआ, जहाँ कंधे से कंधे यूँ ही बेवजह टकरा जाते हैं, जहाँ नशे के चौथे माले पर जाकर फिरंगी और देसी कंधों में कोई अंतर नहीं रह जाता है, जहाँ राह ही राहगीर भी है, जहाँ कुकुरमुत्ते की तरह उगे हुए विदेशी सिगरेट के ठेलों, होटल और कैफे के बीच हर एक पफ के साथ 'वसुधैव कुटुंबकम' का नारा बुलंद होता दिखाई पड़ता है। पहाड़गंज बिखराव का दूसरा नाम है। पोस्ट मॉडर्निज्म की नाजायज औलाद, जहाँ आपको दिल्ली का स्थापत्य नहीं मिलेगा। रात की चादर तले, नशे में झूमता, इस शहर का ये इकलौता टुकड़ा है जहाँ लोग हम एक्स वर्जिंस पर तालियाँ बजाते मिलते हैं! मुझे बजती हुई तालियाँ सुनकर नशा हो जाता है, गोल्डन।

हम सब एक्स वर्जिंस हैं—तन से भी, मन से भी! मैं नहीं जानती कि मैं ये ड्रम क्यूँ बजाती हूँ, कैसा बजाती हूँ, किसके लिए बजाती हूँ! मुझे कोई बताता भी नहीं! हरलीन ने मुझे स्टिक की ट्रेडिशनल ग्रिप के अलावा कुछ भी नहीं सिखाया है! शुरू-शुरू में ये ड्रम सेट मुझे किसी पहेली के जैसा लगता था! बास ड्रम, स्नेयर ड्रम, सिंबल, पेडल—पूरा का पूरा चकरघिन्नी होता है ये ड्रम सेट! हर एक बीट पर मास्टरी आते-आते आती है! मुझे रिद्म के टूटने से नफरत है...और मुई अक्सर टूट जाती है! ये कभी-कभी ही होता है जो हम चारों एक टाइम पर एक जैसी रिद्म पा सकें! कभी किंडो की तान छूट जाती है, कभी रम्या बीट भूल जाती है, कभी मैं पेडल और स्टिक के बीच बेतरह कन्फ्यूज हो जाती हूँ, कभी हरलीन अचानक से गाने का टेम्पो आसमान पर चढ़ा देती है—लेकिन कभी-कभी, जैसाकि आज सुबह हुआ, कोई गाना अचानक से यूँ हीं पूरा हो जाता है! किंडो आँखें बंद किए हुए गाने लगती है, मैं रम्या की उँगलियों को गिटार के तारों पर फिसलते हुए देख स्नेयर ड्रम पर एकदम सही बीट पकड़ लेती हूँ—मैं उसे देखती हूँ, वो मुझे देखती है, फिर हम गाते-बजाते झूमने लगते हैं। 'सावन बीता जाए पिहरवा, मन मेरा घबराए'। किंडो सबसे अच्छी हिंदी गाते समय ही बोलती है! और तब ये सब कुछ किसी जादू के जैसा लगता है—जैसे मैं उड़ रही हूँ किसी आसमान में, जहाँ से नीचे देखने पर सब कुछ बहुत छोटा लगता है! हर एक बीट पर ये नशा और गहरा होने लगता है, फिर तभी, हम भूल जाते हैं सब कुछ—अपने होने को भी!

दुनिया के लिए ये टाइमपास है, गोल्डन! तुम बोलोगे—डेजी, तुम ड्रम बजाते-बजाते पागल हो गई हो! हाँ, शायद ये टाइमपास ही है, शायद मैं धीरे-धीरे बावरी होने लगी हूँ! ये कब तक चलेगा, पता नहीं! हम कब तक साथ रहेंगे। क्या पता। रम्या कहती है कि बैंड दिल से भी नाजुक होता है, कब और किस बात पर टूट जाए, पता ही नहीं चलता। तुमने 'रॉक ऑन' देखा है क्या?

हम चार किधर जा रहे हैं, नहीं मालूम! इस शहर में हमारे जैसे कई सनकियों को लगता है कि बाल बढ़ाकर, भीतर से बीटल-बीटल फील कर लेने से, अँधेरे कैफे में चालीस-पचास की भीड़ के सामने परफॉर्म कर लेने से वो रॉकस्टार हो जाएँगे! गलत लगता है, मालूम है! लेकिन तुम्हें पता नहीं कि ये लगना कितना सेक्सी है! सुनोगे तो हँसोगे तुम, पर कभी-कभी बाथरूम में नहाते वक्त, कंघी को माइक समझ, कान में निरवाना को सुनते हुए हेड बैंगिंग करते-करते मैं खुद को रॉक स्टार समझ लेती हूँ! गोल्डन, मैं सपने देखती हूँ कि पटना के गाँधी मैदान में हम एक्स वर्जिंस लाखों की भीड़ के सामने परफॉर्म कर रही

हैं! मैं मस्ती में झूमते हुए ड्रम बजा रही हूँ, भीड़ बिलकुल फिल्मों की भीड़ की तरह लहलहाते हुए बौराए जा रही है, तुम्हारे दोस्त नीचे सीटी बजाते हुए साफ दिख रहे हैं और फिर एकदम से मेरी निगाहें तुम पर गिर जाती हैं! तुम भीड़ में किसी को गरियाते हुए अपने फोन में मेरी विडियो उतार रहे हो! मैं एक गाना तेरे नाम का बजाती हूँ! तुम दूर से मुझे एक झन्नाटेदार फ्लाइंग किस देते-देते रुक जाते हो, काहे कि तुमरे पीछे तुम्हारे चच्चा खड़े हैं! हम तब भी प्यार में हैं। गोल्डन, हम तब भी प्यार में रहेंगे न?

ये मेरा सपना है गोल्डन...रम्या को सपनों में भरोसा नहीं है! बाकी किसी को भी नहीं है शायद यहाँ! वो बस करते जाती हैं—बेवकूफियाँ, गुस्सा, झगड़े, यारियाँ! प्रो होना इन सब का मकसद है! तो इसी उम्मीद में काट रहे हैं हम ये दिन—कि एक दिन शायद हम एक्स वर्जिनों को अपना मुकाम गिटार के इन्हीं तारों के सहारे मयस्सर होगा, कि किसी दिन, किसी रात को हम भी जाने-माने सितारों की तरह भीड़ का इंतजार होंगे! एक दिन मैं इसी ड्रम सेट को बजाते-बजाते कमाना चाहती हूँ—नाम, शोहरत और पैसे! ताकि मैं तुझे तेरे बड्डे पर उन पोस्टरों वाली बाइक दे सकूँ जिन्हें देखकर तू ठंडी आहें भरा करता है।

ये सब कुछ बतकही है अभी! इस मुल्क में आर्ट और पेट के बीच हमेशा छत्तीस का आँकड़ा रहा है! पर पेट और सक्सेस—दोनों की भूख लगती बड़ी जोर से है!

रम्या ने हौजखास विलेज से लेकर पहाड़गंज तक सड़कों को यूँ ही नहीं रौंदा है! कांटेक्ट म्यूजिक की दुनिया में एंट्री का टिकट होता है! सही समय पर सही इनसान को सही काम के लिए जानना सबसे बड़ी कला है! रम्या सब जानती है! वो रेमो को जानती है जो एम टीवी में किसी को जानता है! इंडस्ट्री में किसी ऐसे को जानना जो किसी ऐसे को जानता है जो आपका काम बना दे—ये भी अपने अपने-आप में एक धंधा है! रम्या कहती है कि रेमो कहता है, हम अगले महीने मुंबई के किसी रॉक बैंड कम्पटीशन में हिस्सा लें! ये वो स्प्रिंगबोर्ड है जिस पे चढ़ कितनों ने लंबी छलाँग लगाई है! कभी-कभी मुझे रम्या और इस इंडस्ट्री की बातें समझ में नहीं आती हैं! लेकिन उस शाम जब रम्या ने हमारे सामने ये न्यूज ब्रेक की तो मारे खुशी के हम नरभसा गए थे! अगले हफ्ते, कैफे मॉरिसन में रेमो से मिलने जाना है हमें!

मिल के बताऊँगी कि क्या हुआ...

ख्याल रखना अपना!

तेरी डेजी

काश, ये हाईवे मेरी महबूबा होती

दिल्ली; नवंबर, 2013

डेजी डियर,

ये नवंबर इतना बौराया हुआ-सा क्यूँ है? इस शहर को ये हुआ क्या है? कोई कहता है, केजरीवाल की आँधी चल रही है, कोई मोदी चालीसा जपे जा रहा है! हर गली में चाय पीते हुए सियासत का पोस्टमाटम किया जा रहा है! ये शहर इतना पोलिटिकल क्यूँ होता जा रहा है? मेरे मोबाइल फोन का स्क्रीन किसी बैटलफील्ड जैसा क्यूँ होता जा रहा है? चड्डा ने मुझे 'मोदी लाओ देश बचाओ' ग्रुप में ऐड किया है, क्रिस्टो ने केजरू फैंस ग्रुप में! दोनों ने अपने-अपने नेता चुन लिए हैं! दोनों ही ग्रुप पर दिन-भर में डेढ़ सौ से ज्यादा मैसेज आ टपकता है। कभी-कभी तो लगता है, जैसे साला फोन न हो, सुलभ शौचालय हो गया है—आड़ा-टेढ़ा, कोई भी कुछ भी हग के चला

जा रहा है! सब अपने-अपने मोबाइल के डाटा पैक के हिसाब से गालियाँ बके जा रहे हैं। आम आदमी के मोबाइल का डाटा उनके नेताओं की पिक्चर डाउनलोड कर-करके हो रहा है! ये भी तो घोटाला है जी? धरमपाल, करमपाल, सिमरतपाल, चमनपाल की दिल्ली में किसी लोकपाल के चर्चे जोर पर है! क्रिस्टो बोलता है, इसके आने से उसे ठुल्लों को अपने मोमो पॉइंट के लिए हफ्ता नहीं देना होगा!

चड्डा अचानक से इतना हिंदू कैसे हो गया है? करावल नगर के इस वेल्ले को 2002 के गुजरात में इतना इंटरेस्ट कब से हो गया है, यार? दिन-भर मोदी जी ऐसे हैं, मोदी जी वैसे हैं—की रट लगाए फिरता है साला! डार्लिंग, हम बेट लगा सकते हैं कि उसने हाल में ही जाना होगा कि गुजरात इंडिया में है—उत्तर में है कि पूरब में—उसको अब भी इस बात में भी कन्फ्यूजन है, माँ कस्सम! क्रिस्टो, साला लिच्चड़! दिन-भर अमेरीकी बुल्लू फिल्मि और विलैती हैश के नशे में डूबा रहनेवाला ये लड़का इतना आम कभी नहीं था? उबला चिकन खानेवाले इस लौंडे को प्याज की कीमतें कब से डराने लगी हैं? हनी सिंह के फैन, साले, इन सब की तान इतनी बदली हुई-सी क्यूँ है? सब के सब नेताओं के नाम लेकर क्यूँ भौंक रहे हैं? पहले इलेक्शन टाइम में नेता भौंकते थे, जनता सुनती थी! ये मुआ मोबाइल फोन पर इंटरनेट क्या आया, पूरी दुनिया उगले जा रही है जहर! मुझे राहुल गाँधी सबसे क्यूट लगता है! बस एक वही है जिसका जिक्र होते ही सब हा-हा, ही-ही करने लगते हैं! वो इंडियन पॉलिटिक्स का मिस्टर बीन है। देश आज भले ही उसके योगदान को भूल जाए, हँसी की किल्लत से जूझते इस मुल्क की आनेवाली पीढ़ियाँ उसके योगदान को जरूर याद करेंगी! इलेक्शन इस मुल्क का सबसे हिट रियलिटी शो है! सब के सब इसके बुखार में मस्त हैं! लखन बोलता है, आम आदमी इस दफे जिंदा हो जाएगा—ऐसा है इस बार का बुखार! मुझ पर ये बुखार क्यूँ नहीं चढ़ता? मुझ पर तेरे इश्क का बुखार क्यूँ चढ़ा हुआ है? मैं तेरे प्यार में मरने क्यूँ लगा हूँ?

दिन-भर मैं तेरे एक 'आई लव यू' की बाट जोहता, मोदी और केजरू की कहानियाँ सुनता रहता हूँ! तेरी किस्सियों वाली इस्मायली अब इतनी देर से क्यूँ आती है? मुझे सियासत नहीं, प्यार करना है! मुझे नेताओं की पोलिटिकल कहानियाँ नहीं सुननी हैं! हम तो बस रोमांस करने के लिए बने हैं न? तेरा प्यार मुझे अब बासी-बासी-सा क्यूँ लगने लगा है? तू इश्क में सियासी क्यूँ होती जा रही है? तू मेरे रात के भेजे मैसेज का रिप्लाई दोपहर में क्यों करती है? मेरा दिन डार्लिंग-शोना वाली फुसफुसाहटों से शुरू होकर, 'भाग भैन की लौंड़ी' जैसी चीखोंवाली शामों में क्यों गुम हो जाता है? इस

बीच के आठ घंटों में मैं पागलों के जैसे तीन साढ़े तीन सौ 'बाबू, शोना, मोना, टोना, रानी, बेबी, जान, जानेमन' वाली गुहार और स्क्रीन भर-भर के तुझे स्माइली भेजता हूँ। फिर किसी उजाड़ से ढाबे की पान-गुमटी पर तेरी बेरुखी को सिगरेट के धुएँ में उड़ाता उदास-सी इस्माइलियों की लड़ी तुझे भेजता हूँ! तू सब अनदेखा कर देती है! मैं अगले साठ किलोमीटर तीस मिनट में निपटाते हुए खुद को तेरे बिजी होने का मतलब समझाता हूँ, बतलाता हूँ कि तू सच में अपनी उन झल्ली दोस्तों के साथ किसी प्यारे से नगमे को पैदा करने में बिजी होगी! तेरे सपने भरके रखे हैं यार हम भी अपनी आँखों में! हम अपनी आँखें बंद करते हुए तेरे सपने वाली रील चलाते हैं! एक बूँद पानी जैसा कुछ आँख के कोने पर आकर ठिठक जाता है! हँसो मत...आँसू बहाए बिना हमसे प्यार नहीं किया जाता! फिर जी.टी. रोड का वो टोल आ जाता है जहाँ गाड़ी हौले होती है! मैं उँघते हुए उस टोलवाले को नब्बे रुपए थमाते हुए, चुपके से एक बार फिर से फोन उठा लेता हूँ! ये कमबख्त मोबाइल तुझे ऑनलाइन दिखा रहा होता है, तेरे फेसबुक की हरी बत्ती देखते ही मैं टोल की बत्तियाँ हरी होने से पहले तुझे आड़े-तिरछे से पाँच लव यू वाले मैसेज भेजता हूँ! मुझे तुझ पे गुस्सा आता है, जैसे कि प्यार! मेरे कान गरम होने लगते हैं, गाड़ी कुछ पलों में फिर से सौ के काँटे को छूनेवाली है! मैं आँखें मूँदे-मूँदे अट्ठारह चक्कोंवाले ट्रक को पार कर जाता हूँ! पीछे की सवारी ढाबे पर गटकी तीन पेग के नशे में मुझे गड्ढे कुदाने पर मेरी माँ-बहन की याद दिलाती है! मैं सुनके उन्हें अनसुना कर देता हूँ! पीछे बैठी सवारियाँ ड्राइवर के हाथ की मिल्कियत होती हैं! वो कोई नई मुसीबत नहीं! तेरा ऐसे न होना, तेरा ऐसा होना—ये नई-नई-सी मुसीबत है मेरी डार्लिंग! मैं एक हाथ से स्टेयरिंग सँभाले, दूसरे हाथ से फोन को टिपटिपाते हुए ढाई आखर के उस एक लफ्ज के एक छोटे से जवाब के लिए घिघियाता हूँ! तू तब भी नहीं बोलती! और फिर तू कहती है, मैं गालियाँ देता हूँ!

हाँ, देते हैं हम गाली—सारी की सारी माँ-बहन वाली, काहे कि हम तुमरे जैसा कांभेंट स्कूल में मोरल साइंस का क्लास नहीं लिए! आवारा-लफंगा जैसी जिंदगी जीते आए हैं! दूसरे क्लास में थे, जब चच्चा लखानी की चप्पल उठा के माई-बहिन करता हुआ पीठ लाल कर देता था। छे क्लास में एक शाम सूद समेत सब गाली वापिस सुना दिए थे स्साले को! तब से ये लड़का वही है जो आज तेरे सामने है! हाँ है, सड़कछाप मवाली है तेरा बॉय फ्रेंड! तो? इश्क में लफंगे जब मजबूर हो जाते हैं, गालियाँ निकल ही आती हैं! दिन-भर में तीन सौ किलोमीटर गाड़ी हाँकते-हाँकते पैर दुख जाता है, यार! पिछले पाँच दिनों में साढ़े तीन हजार किलोमीटर गाड़ी हाँके हैं हम—

दिल्ली से बनारस, बनारस से दिल्ली, दिल्ली से चंडीगढ़, चंडीगढ़ से दिल्ली! मुँह में रजनीगंधा की पीक दबाए हुए, मोंटी भाई के ऊलजलूल गाने सुनते हुए, पीछे बैठी सवारियों का अल्ल-बल सुनते हुए, सिर्फ और सिर्फ सड़कों को ताका है मैंने! भागती हुई गाड़ियों से रेस लगाते हुए हर मोड़ पर तेरे एक मैसेज का इंतजार किया है! ड्राइविंग तपस्या है, मैडम, कभी करके देखना! सामने की खिड़की से सिर्फ सड़कों को भागते देखना, रियर व्यू मिरर में ओवर टेक के लिए पेंपियाती गाड़ियों का मर्दाना हॉर्न सुनना, आगेवाले जिद्दी ट्रक से पाँच किलोमीटर तक दस इंच के साइड के लिए लड़ना—रफ्तार की जंग है यह! उतरना कभी सड़क पर तब मालूम होगा कि सड़कों पर चलनेवाले इनसान का जानवर होना कितना जरूरी है! फिर मोंटी भाई पीछे से आगे झुकते हुए गाड़ी में कुमार शानू को चालू कर देते हैं! 'धीरे-धीरे से मेरी जिंदगी में आना'—मैं किसी दिन कुमार शानू को गोली मार दूँगा! भागती हुई गाड़ियों में दिल में यादों का गुब्बार लिये चलते आशिकों पर बहुत सितम ढाता है वो! मैं उसको सुनकर हर बार की तरह कंट्रोल नहीं कर पाता हूँ—गाड़ी भगाते-भगाते इलाहाबाद से कहीं पहले, तेरी याद आ जाती है! तेरी याद कोई डायन है, जो अब हर रात आके मुझे डराती है। मैं, मोंटी भाई और मिसरा जी की परवाह किए बिना तुझे भीतर से ही फोनियाता हूँ! गिन के चौदह फुल रिंग के बाद तुम ऐसे फोन उठती हो जैसे कुछ हुआ ही न हो! अपनी स्मार्ट-सी आवाज में तुम एक स्मार्ट-सा सच बोलती हो—वही सच जो पिछले तीन महीने से तुम हमको ठेले जा रही हो—गोल्डन, यार मैं जैमिंग कर रही हूँ! ई साला जैमिंग-तैमिंग का होता है हमको नहीं मालूम! तेरे जैमिंग की माँ की आँख! अभी उस वक्त हमको तेरी आवाज सुननी है! तुझसे बात करनी है! तीन रात पहले सुनी तेरी पगली-सी हँसी सुननी है! तेरी सोंधी-सोंधी गालियाँ सुननी हैं! भाँड में गया तेरा जैगिंग! मैं फुराफुराती हुई ऊँची आवाज में दम-भर तुझे सुनाना चाहता हूँ, तू आइस कोल्ड बनी मेरे गुस्से को चिढ़ा के फोन काट देती है! 'यार, थोड़ा बिजी हूँ, विल कॉल यू लेटर बेबी!' तेरे सच को सुन के सच से भरोसा उठ जाता है! तू जब भी समझदार होती है न डेजी, हमारा इश्क कमजोर हो जाता है! सब मालूम है तुमको! कुछ नया नहीं बोल रहे हैं हम! जस्टिफाई नहीं कर रहे हैं हम अपनी गालियों को! गाली क्यूँ देते हो? हम बचपन से ऐसे ही हैं! लेकिन तू इतनी स्मार्ट कब से हो गई बे? तेरा आशिक जोगेंदर यादव है क्या जो गालियाँ नहीं देगा?

हम इलाहाबाद के आगे निकल रहे हैं! भोर होनेवाली होती है! सड़कों के साथ-साथ गंगा बहे जा रही है! मुझे नदी किनारे दियारों में तू दिखने लगी है! हवाएँ पुरबिया होने लगी हैं! मैं पूरब की तरफ आते ही इतना आशिकाना

क्यूँ होने लगता हूँ? मैं तुमसे अभी उस वक्त पागलों के जैसा नफरत कर रहा होता हूँ—एक साँस में तुम्हारे पूरे खानदान को भरदम गालियाँ देता हूँ! एक्सलेटर पे रखा हुआ मेरा पाँव अब मेरा नहीं रहा है! झिनझिना उठा है बड़े जोर से नीचे! इस सड़क पर गड्ढे नहीं हैं, हाईवे मक्खन की तरह बहता जा रही है! मैं गाड़ी रोक नहीं सकता! बनारस आनेवाला है, दिल्ली कहीं दूर छूट रहा है! हम सनकने लगे हैं! सनकते हुए तुझे कॉल पर कॉल ठेले जा रहे हैं! अब मुझे तुझसे बात नहीं करनी है, ये कोई पागल-सी जिद है जो अपनी रौ में मुझे बहाए जा रही है! मुझे पूरा भरोसा है कि तुम भी वहाँ दिल्ली में मुझे अंग्रेजी में गालियाँ दे रही होगी! मेरे इनबॉक्स में तेरी अंग्रेजी गालियाँ बरसे जा रही हैं! और अभी हमको इस बात की बहुत खुशी है कि छठी के बाद हम अंग्रेजी में कभी पास नहीं किए! मुझे अंग्रेजी गालियाँ नहीं समझ में आती हैं, मैडम! हम लीचड़, गँवार बिहारी आशिक हैं—बूझी?

सूरज उगनेवाला है! बनारस जगने लगा है! जी.टी. रोड को छोड़कर हम शहर में घुसने लगे हैं! मोंटी भाई पूरब पहली बार आए हैं! उन्हें खुली हवा में खेताँ विच हगने की तलब लगी है! दिल्ली में मन मार के पॉट पे बैठना पड़ता है बेचारे को! हम गाड़ी साइड में लेते हैं! मिसरा और मोंटी फारिग होने खेतों में निकलते हैं! मैं चुपचाप बोनट पर बैठा अपना फोन ताक रहा होता हूँ! तू अब भी नॉट रीचेबल है!

कान पे जनेऊ चढ़ाए, पजामे के नाड़े को बाँधता हुआ बिनायक मिसरा मोंटी से बतियाते हुए मेरी तरफ चला आ रहा है। मुझे फोन में घुसा देख वो अजीब-सी शक्ल बना कर हँसता है! दोनों को मालूम है, मैं इश्क में निठल्ला हो चला हूँ! शायद इसीलिए मैं उनका ड्राइवर हूँ! मेरी बेताबी में एक सेकंड के लिए दोनों अपना पुराना कुछ ढूँढ़ते है! ये बहुत पहले की बात है जब उन्होंने प्यार किया था! अब वो तेरे जैसे समझदार हैं! अब वो सियासत करने निकल पड़े हैं! इनसान जब तक इनसान के प्यार में पागल होता है, उसे दुनिया की सियासत समझ में नहीं आती! डेजी, अबे ओ कुत्ती, सुन रही हो? हमको सियासत नहीं सीखनी है, हमें जिनगी-भर तेरे प्यार में बेवकूफियाँ करनी है! 'सुनो न, प्लीज! फोन उठा लो एक बार!'—मैं सुबह का बीसवाँ संदेसा भेजते हुए खुद से बड़बड़ाने लगा हूँ। वो पागल फिर से बजने लगी है! मुझे उसकी आवाज में काँटे क्यूँ नजर आने लगे हैं! मैं तेरे प्यार में सच में पागल हो जाऊँगा!

फिर गाड़ी आगे निकलती है! हम लंका की तरफ पहुँचनेवाले हैं! इस शहर की सड़कों पर भांग का नशा छितराया हुआ रहता है! कोई भी, कहीं

से, कैसे भी कट के निकलना चाहता है! दिल्ली के नंबर की गाड़ी को देखते ही पीछे बुलेट पर आ रहे दो बनारसी बाबू हमसे चुहल करने लगे हैं! सबको साला हाईवे पर ही हीरोपंथी करनी है यहाँ! सार के नाती को मालूम नहीं कि इस इस्कारपियो के ड्राइवर ने पूरे बनारस को चौथी क्लास में ही घोल कर पी लिया है! बित्ता-भर के रोड में सुबह-सुबह साइड के लिए मगजमारी करने का मेरा मन एकदम नहीं है! तेरी बेरुखी में घायल हम दनादन गाड़ी भगा रहे हैं! दुन्नो वीर पुरुष हमरी गाड़ी से सटाकर निकलना चाहते हैं! हम चुपचाप रहम करके गड्ढा चुनते हुए गाड़ी साइड में लेते हैं! लगता है दुन्नो की रात की उतरी नहीं है! गाड़ी सामने लेके रोक के हमको आँख तरेर के गरिया के निकलना चाहते हैं! अपने शहर में हर नशेड़ी खुद को डॉन बूझ लेता है! फिर बहुत सालों बाद हमरा बीपी आसमान छू लेता है! तेरी माय को...! दुचक्का पे बैठ के अइसन-अइसन कै गो डॉन को देखे हैं हम! हम क्लच लेके गियर बदलते हैं! फिर दरबनिया मार के ठीक सामने पहुँचते हैं! गाड़ी से उतरते हैं, 'का रे हीरो, गर्मी ढेर चढ़ल है' बोलते हुए पिछलका वाला लइका का कॉलर धर लेते हैं! कासी में माहौल भोजपुरिया हो चला है! मोंटी भाई को भोजपुरी नहीं आती! वो खड़े-खड़े हमारे मजे ले रहे हैं! इस जोन में हमसे बड़ा कोई तोप नहीं—जान जाते हैं!

मैं चीख-चीखकर गरियाता हूँ उन दोनों लखेरों को—सिचुएशन की डिमांड से कहीं अधिक भारी भरकम गालियाँ! एक लेबल के बाद मोंटी भाई मुझे पागल होता जान सँभाल लेते हैं! धीरे-धीरे दोस्त से मालिक बन जाते हैं और मेरे कंधे को झिंझोड़कर मुझे वापस अंदर जाने का इशारा करते हैं! मैं फुँफकारता हुआ घायल नाग-सा अंदर ड्राइविंग सीट पर जा बैठता हूँ!

मैंने एक भी गाली उन दोनों को नहीं दी थी! बकलोल आशिक जब मजबूर होता है न, गालियाँ यूँ ही निकल जाती हैं! गालियाँ, बस ध्वनियाँ होती हैं—बेचैनी की, लाचारी की और कुछ न हो पाने की! लोग बेकार में उसमें मोरल साइंस ठेल देते हैं! लोग बकलोल होते हैं!

गाड़ी आगे बढ़ती है! झा जी मुझे योग करने की सलाह देते हैं! हम बीएचयू की तरफ बढ़ने लगे हैं! साइकिल सवार लड़कियों और गऊ माताओं का एक झुंड बिलकुल बनारसी गति से आगे बढ़ा जा रहा है! इन दोनों ग्रुप के सामने कभी भी कोई समझदार ड्राइवर को हॉर्न नहीं बजाना चाहिए—दोनों किधर भाग जाएँगी, कोई गारंटी नहीं है! हम उनके निकलने का वेट करते हैं! मोंटी भाई को सुबह-सुबह ही चाट खाने का मन कर गया है! मल्लब हद हैं ये भी—साला, यहाँ पार्टी-पॉलिटिक्स का एतना इंपोरटेंट काम से आए हैं, कहते हैं, कोई बहुत इंपोरटेंट आम आदमी है यहाँ जो बनारस में

बैठकर दिल्ली की टिकट काट रहा है! बिनायक मिसरा का बीएचयू में बहुत फास्ट फ्रेंड था—अब दोस्ती को कैश कराने का टाइम आ गया है! मोंटी भाई को पॉलिटिक्स घंटा समझ में आती है! मिसरा जी के बाल पक चुके हैं, मोंटी भाई अब भी बालों में मेंहदी लगाते हैं! मिसरा जी चलती गाड़ी में गाना बजने न बजने की परवाह नहीं करते, मोंटी भाई गाना रुकते ही औल-बौल करने लगते हैं! मिसरा जी मंद-मंद मुस्कुराते हैं, मोंटी भाई अपने ही जोक पर पागल के जैसा हँस लेते हैं!

नेता और गुंडे में बस इतना ही फर्क होता है! दोनों साथ बैठकर भी 360 डिग्री पर होते हैं! समझदार नेता और समझदार गुंडा वो होता है जो इस फर्क को पहचानकर भी साथ बैठा रहे! मिसरा जी और मोंटी भाई दोनों समझदार हैं!

काशी चाट भंडार तक पहुँचते-पहुँचते ट्रैफिक ने तुमरी याद का दम घोंट दिया है! फोन पर झा जी अपने क्लासमेट से बतिया रहे हैं! मिथिला या उसके आसपास के इलाके का आदमी पॉलिटिक्स में जब भोजपुरी बोलता है, माँ कसम बड़ा फनी लगता है! लेकिन मजबूरी का नाम बिनायक मिसरा! इलेक्शन के मौसम में नेता वैसे भी किसिम-किसिम की भाषा बोलने लगते हैं!

मोंटी भाई के चाट के चक्कर में बनारस की सबसे दुर्लभ प्रजाति ट्रैफिक पुलिस का दर्शन हो जाता है! वो भीतर चाट पैक कराने जाते हैं और इतने में ही गाजीपुर के राय जी हमसे हमारी डीएलए गाड़ी का कागज, लंद-फंद माँगने लगते हैं! गैर शहरों में गैर शहरों की गाड़ियाँ देखते ही सबकी जीभ लपलपाने लगती है!

'न है ई सब हमरे पास! काहे सुबह-सुबह मिजाज गरम कर रहे हैं, महाराज! लाइए, बढ़ाइये तो खैनी तनि सुन!' हम उनसे फन करने लगते हैं!

'करेगा रे तुम प्रशासन से आँय-बाँय! दिल्ली से ढेर अंग्रेजी सीख के आया है? पिछवाड़ा पर चार गो डंडा पड़ेगा तो केजरीवाल आएगा बचाने?' राय जी ने हमरी गाड़ी के आगे लगे झंडे को अपने डंडे से हिलाते हुए कहा! उसे यूँ बमकता देख पीछे से आ रहे मोंटी भाई ने उसे चाट ऑफर किया! सामने से स्कूटी के पीछे बैठा एक ठिगना-सा आदमी आ रहा था जिसे देखकर मिसरा जी ऐसे खीसें निपोरने लगे जैसे उसके पॉकेट में दिल्ली विधान सभा का टिकट हो! वो अपने पॉकेट में दिल्ली असेंबली के तीन टिकट लिए घूम रहा था! मोंटी भाई ऐसे ही किसी को अपनी गाड़ी की अगली सीट थोड़े ही न ऑफर करते हैं!

फिर हमने गाड़ी अस्सी घाट की तरफ घुमाई! बनारस की सड़कों पर अब भी मुझे मेरी नानी याद आती है! मेरी सारी दबंगई उसी की जागीर है!

‘इस बार जो लहर चली है न, महाराज, राजनीति का फिगऱ बदल के रख देगी! आम आदमी जिंदा कारतूस होता है, दन्न सनी घुस जाता है सत्ता के स्टील फ्रेम में, पता भी नहीं चलता! बस एक चिंगारी जलाने की जरूरत होती है! सतहत्तर में जे.पी. ने जलाई थी, अब इसकी बारी है! गरीब पिसे जा रहा था, महाराज...जात-धरम में बाँट कर आपने वोटों का बैंक खोल रखा था! संसद के भीतर से हिंदुस्तान नजर नहीं आता है! साला, कुर्सी न हो भांग का गोला हो, सब के सब धुत्त हो जाते हैं!’ चतुर्वेदी जी पूरे रास्ते फुल फॉर्म में थे! बीच में मोंटी भाई को ठंडई पीने का मन कर गया! पॉलिटिक्स भूखे पेट थोड़े ही न होती है! मोंटी भाई नैसर्गिक किस्म के आदमी हैं! जहाँ बोलने के लिए कुछ नहीं होता, वहाँ चुप ही रहते हैं!

ये अदना-सा इनसान जो अभी इस वक्त हमारी गाड़ी में पसरा हुआ है, पूर्वांचल के आम आदमियों का आका है! मिसरा जी कहते हैं, वो सर जी के सबसे खासमखास हैं! बनारस का ये दौरा इन्हीं का आशीर्वाद पाने के लिए कर रहे हैं! बिन आशीर्वाद के भी कोई नेता बना है क्या! मोंटी भाई का चेहरा सामने होना जरूरी होता है! बाहुबली की जरूरत सिर्फ यूपी-बिहार में थोड़े ही न होती है!

अस्सी घाट पर गंगा बहे जा रही है, बरसों से, उसी तरह! यहाँ आकर नानी याद आने लगती है! और नानी याद आती है तो फिर माँ भी याद आ जाती है! तुम्हारी अलग हैं ये यादें—ये नासूर की तरह चुभती नहीं हैं! घाट पर गंगा जी में छपाक छपाक कूदते बच्चों में हमको अपना बचपन याद आ रहा है! मेरे चारों तरफ सब सियासी होते जा रहे हैं! दूर बाएँ मणिकर्णिका से उठता धुआँ नजर आता है! जलती हुई लाशें सुगंधित क्यूँ महकती हैं? मुझे बनारस की हवाओं में कोई अपना क्यूँ याद आने लगा है?

सीढ़ियों पर बैठे मिसरा जी उस ठिगने अंकल जी से गंभीर चर्चा में लीन हैं! अगले तीन दिनों में आम आदमी के नाम की टोपी पहनकर टिकट के लिए लड़ते-मरते इन जैसे कइयों की किस्मत का फैसला होना है! इस दफे ईमानदारी की हवा बह रही है। ईमानदारी ही असली राजनीति है! राजनीति इतनी ईमानदार पहले कभी नहीं थी। दिल्ली में ईमानदारों की बाढ़ आ गई है—आम आदमी के कंधे मजबूत हो रहे हैं, इन आम से कंधों पर कुछ आम से नेता अपनी बंदूक रख हसरतों की जिंदा कारतूसों को चलानेवाले हैं!

मोंटी भाई उनकी बातें सुनते-सुनते बोर होने लगे हैं! वो सबसे ईमानदार हैं, ईमानदारों के बीच उनका दम घुटने लगता है।

वो गंगा जी में डुबकी मार रहे हैं। ओए गोल्डन, आजा भई, तू भी आ जा...पाप धोते हैं दोनों भाई मिलकर! वो मुझे बुलाते हैं।

मैं पापी ठीक हूँ। डेजी, तेरे बिना ये गंगा सूनी-सूनी-सी क्यूँ लगती है! इस बार सब इतना अजीब क्यूँ है! मैं सीढ़ियों पर बैठा आसमान ताकता रहता हूँ! अम्मा बहुत याद आने लगती है—उसका दमा बढ़ने लगा है! पिछली शाम को बात हुई थी उससे, वो कमजोर होने लगी है! ...अम्मा मर गई तो? डेजी, मुझे फिर से बनारस आना होगा। मेरी आँखों के सामने मेरी बुढ़िया नाच रही है! उसके मरने की सोचकर भी मैं रोता क्यूँ नहीं हूँ? मुझे फिलहाल इस वक्त रोने की वजहें चाहिए! तुमने भीतर से झकझोर दिया है हमको!

फिर मिसरा जी के गले में बरसों से घुट रहा ठहाका अस्सी घाट को गूँजा देता है! ये हिस्टोरिकल मोमेंट है! इनसान अपने लाइफ में हर रोज नेता नहीं बनता है! चतुर्वेदी जी, मिसरा जी के माथे पर आम-सी टोपी पहना देते हैं! पूरब के दो अधेड़ दिल्लीवाले होने लगे हैं! मोंटी भाई थरथराते हुए गंगा मैया की जय कर रहे हैं!

मैं सीढ़ियों से उठने लगता हूँ कि तेरा फोन आता है! रिंगटोन बजने से पहले मैं तुझे सुन लेता हूँ! तू बिफरी हुई-सी क्यूँ है? 'तू कब से इतना कमीना हो गया है?' तू पूछ रही है मुझसे! मैं तीन रात की बातों का भूखा, कुछ कहे बिना तुझे सुनता हूँ! 'ब्लडी क्रिमिनल, हाउ डेयर यू टॉक टू मी लाइक दैट'? तेरी अंग्रेजी जहर है लड़की। मैं कुछ कहे बिना फोन काट देता हूँ। हमने अरसे बाद ये लड़ाई की है—बिन झगड़े का प्यार कसैला हो जाता है। सोचता हुआ मैं खुद को दिलासा देता हूँ!

फिर मिसरा जी आदत के मुताबिक गाड़ी विश्वनाथ मंदिर की तरफ मोड़ लेने को कहते हैं! इस मुल्क में इलेक्शन के पहले हर नेता शिव जी का फैन हो जाता है! मोंटी भाई भी शिव जी के बड़े वाले भक्त हैं! लेकिन वो मंदिर नहीं जाते! 'दीवार' का अमिताभ बच्चन भी इंटरवल के बाद मंदिर की सीढ़ियों पर चढ़ गया था—मोंटी भाई की भगवान से दुश्मनी फिल्मी नहीं है! लेकिन उनका जुगाड़ कुछ और है! हम वापस अस्सी पर आते हैं! बैठे-बैठे चिलम के धुएँ उड़ाते हैं!

'तू प्यार में है क्या बे?'—तीन कश बाद नीला आसमान भूरा-सा दिखने लगा है मुझे, और ऐसे में मोंटी भाई मुझसे ये सवाल पूछ लेते हैं!

मैं चुपचाप चिलम उनकी ओर बढ़ाता हूँ! ऐसे सवाल जवाब के लिए नहीं पूछे जाते हैं!

'हटाओ न भाई, ये सब बकवास होता है, मिसरा भई का मामला सेट है न?' मैं बात बदलने के लिए पूछता हूँ!

मोंटी भाई मेरी तरफ भर-आँख मुस्कान फेंकते हैं, मैं उसे कैच कर लेता हूँ! फिर चिलम एक हाथ से दूसरे हाथ होती हुई हम पर छाने लगती है! गंगा

सिर्फ बह नहीं रही, गंगा हम पर छाने लगी है! शाम माँ के सिंदूर के रंग में रंगी उतरने लगी है! धुत्त, मेरी आँखों से ये शहर मिट्टी-मिट्टी-सा दिखता है! मुझे इसी मिट्टी का होकर रह जाना है! हम वापस निकलने लगे हैं, बेनियाबाग की तरफ से! अभी मुझे शहर की हर औरत में अपनी नानी और हर लड़की में सोनम कपूर क्यूँ दिखाई दे रही है?

मेरे पैर फिर से क्लच और एक्सलेटर पर हैं! 'कभी हम में तुम में भी चाह थी, कभी हमसे तुमसे भी राह थी, कभी हम भी तुम भी थे आशना, तुम्हें याद हो के न याद हो'—आज आखिर मालूम हुआ कि गजल गानेवाली ये बुढ़िया आंटी बेगम अख्तर हैं! मोंटी भाई हाथ बढ़ाकर गाना बदलना चाहते हैं! मैं पहली बार उन्हें रोक देता हूँ! जाने क्यों आज आंटी जी को सुनते हुए कुछ रूहानी-सा महसूस हो रहा है।

'जानते हो गोल्डन, पटेल चौक पर बैठ के चाय पीते-पीते दम घुट जाता था मेरा! जेब में बस यार-दोस्त की दुआ थी, और सर पे माता रानी की किरपा जो आज दिल्ली में पोलटिक्स कर रहे हैं! मीडिया साला सुबह से शाम तक भौंकते रहता है—केजरीवाल ये, केजरीवाल वो! देश बदल देगा, समाज बदल देगा! सब-का-सब साला उदबिलाव के जैसा उचक-उचक के डांस कर रहा है—डांस ऑफ डेमोकिरेसी! बत्तख है पब्लिक! तुमको पता है, केजरीवाल कौन है?' ढाबे पर मोंटी भाई ने जबरन मिसरा जी को पिला दिया था। अचानक शुरू हो गए थे अपनी बायोग्राफी लेके! वाट मेरी लग रही थी!

'पूरी दिल्ली में छाया हुआ है सर! टोपी लगाके खाँसते हुए टीवी पर टीबी-टीबी खेलता रहता है! वजीराबाद आया था तो देखबे किए थे!' —गाड़ी को फोर्थ गियर में डालते हुए हम बकते हैं!

'बेटा, ऊ कोई नहीं है, रीढ़ लेके पैदा हुआ खाँटी नेता है, जिसके मैनिफेस्टो में बहुत दिनों के बाद मिट्टी की महक नजर आती है, जिसने साला हम जैसे मिडिल क्लास मिडिल स्कूल टीचर को नेता बनाने का स्पेस दिया है! का मोंटी भाई जी, गलत कहे! साला, इसी दिल्ली यूनिवर्सिटी में एबीवीपी और एनएसयूआई के लिए रैली में कम डंडा खाए हैं हम?' 95 से लेकर 2005 तक साला दिल्ली की पॉलिटिक्स में का नहीं गँवाए हैं हम बे— दू चांस सिविल्स का पीटी, एक महबूबा और दरभंगा बेच दिए हैं हम ई एक टिकट पाने के लिए! पटेल चौक पर गनेसवा चाय बेचता है—पूछना उससे, साला कितनी रात शराबी हो-हो के सर पटके हैं हम! चतुर्वेदी जी कहते हैं, इस पार्टी के टिकट का चंदा लोकतांत्रिक है—बस पाँच लाख रुपए में इलेक्शन लड़वा देंगे हमको! न ऊ चूतिया हैं, न हम—इधर इलेक्शन, इलेक्शन की तरह ही लड़ा जाता है और लड़ा जाता रहेगा! तो देंगे न हम भी जेतना

माँगेगा, का मोंटी भाई! सरकारी इस्कूल का लौंडा हैं हम, क्लास टू से ही सीट लूटने की पॉलिटिक्स करते आ रहे हैं! अब तो बाल पक गया है—लेके देखे कोई!' मिसरा जी सेंटी हो चले हैं! दारू चीज ही कमबख्त ऐसी है—नेता से भी सच उगलवा ही देती है! ये अलग बात है कि उनका सच सुनके भी पब्लिक चूतिया बनी आ रही है!

डेजी, तुझसे कहना बहुत कुछ है! अम्मा बीमार रहती है! हम लाइफ में पहली बार डरने लगे हैं! बाप कब का चला गया हमको अकेला छोड़के... रहता न तो माई किरिया खा के कहते हैं, हम साला दिल्ली नहीं तो बीएचयू में झंडा गाड़ ही दिए होते! अब इसी ड्राइवरी में जिंदगी निकलनी है! काश, ये जिंदगी फिलिम होती! छोड़ो मेरा रंडीरोना!

मोंटी भाई चुपचाप खिड़की से बाहर ताकते हुए धुएँ का विसर्जन कर रहे थे! उनको नेताओं के नारों में कोई दिलचस्पी नहीं है! ऊ टीवी नहीं देखते! तुम टीवी देखती हो क्या? मत देखना, कंफूज हो जाओगी! वहाँ सब झूठ और सच के बीच का तिकड़म है, डार्लिंग!

इस शहर में ये ईमानदारी का सीजन है! बरसाती मेंढकों की तरह कई ईमानदार सड़कों पर आकर टर्र-टर्र कर रहे हैं! बुराड़ी के कई ईमानदार बनारस के चक्कर लगा रहे हैं! मिसरा जी से पहले सनी बाउंसर का चाचा गिज्जू तँवर भी चतुर्वेदी के सामने अपनी ईमानदारी का डेमो देकर जा चुका है! अब कौन जादा ईमानदार है, इसको फरियाने के लिए वो टोपीवाला थोड़े ही न आएगा! पॉलिटिक्स बस लकड़बग्घों की लड़ाई है, इसमें सब कुछ लास्ट में तमंचे के जोर पे डिसाइड होता है!

पॉलिटिक्स में सब कुछ लास्ट में तमंचे के जोर से ही क्यूँ डिसाइड होता है? इस देश की राजनीति में गोल्डन और मोंटी भाई के योगदान पर कुछ लिखना न! तीन पेग डाउन...हर मिसरा जी को अपने-अपने मोंटी भाई की जरूरत होती है!

सुनो, मैं सड़कों से दिल लगा बैठा हूँ! काश, ये हाईवे मेरी महबूबा होती! मैं जिंदगी-भर के लिए ड्राइवर बन जाता! साली खत्म ही नहीं होती...

तुम्हारा आवारा लिच्चड़
गोल्डन

ग्रो अप यार!

दिल्ली; नवंबर, 2013

डियर गोल्डन,

अबे, अब हद हो गई मेरे शाहिद कपूर! ग्रो अप यार, ग्रो अप! अब तो वो भी बड़ा हो गया है! ये 2013 है, सात में बनी थी मैं तेरी जीएफ! याद है कैसे इंडिया के वर्ल्ड कप जीतने के बाद पूरी पाटलिपुत्रा कॉलोनी में धोनी के जैसा बाल बढ़ा के इंडिया-इंडिया करते हुए हमपे लाइन मारते रहते थे तुम? सितंबर से लेकर दिसंबर तक मार कभी पल्सर, कभी एविएटर लाके, साले! मोटरसाइकिल की दूकान के सामने 31 दिसंबर की शाम...हैप्पी न्यू

इयर के कार्ड में आई.लभ.यू. लिख के पकड़ाए थे! पंद्रह जनवरी तक पिछली सीट पर बिठा के तू कोचिंग छोड़ने लगा था मुझे! हरलीन बोलती है, सेट होने के बाद वो मजा नहीं, जितना सेट होने के दौरान आता है! तब लड़का लड़की दोनों की जिंदगी एकदम 'डीडीएलजे' होती है, सेट होने के बाद हर लव स्टोरी 'आँधी' फिलिम जैसी हो जाती है! 'आँधी' देखे हो? नहीं! मत देखना, नहीं बुझाएगी...गोल्डन, तुझे वो वैलेंटाइन वाला टेडी याद है? नहीं! तू भूल गया है! नाला रोड पर मेरी स्कूटी को ओवरटेक करके दिया था तूने! उस लाल वाले भालू के लिए अब भी हर रात मैं बिट्टू से झगड़ती हूँ! वो 2007 था, मेरी लाइफ का सबसे हैपेनिंग साल! छह साल हो चुके हैं दिसंबर की उन सर्दियों को बीते हुए! ये नई-नई-सी सर्दियाँ हैं!

लेट्स ग्रो अप यार, क्योंकि अब मैं थ्रेडिंग कराके, बालों को सिल्की ब्यूटी पार्लर वाली स्मिता दी से लेयर कराके। एनसीईआरटी की इको की किताब हाथ में धरे 'ये रिश्ता क्या कहलाता है' देखते हुए, तेरे साथ फेसबुकिया नहीं सकती! टाइम फ्लेड्स! लेट्स ग्रो अप, क्योंकि शाम होते ही अब मेरे लाख चाहने के बाद भी, न तुम मेरे लिए वो स्कूटी ला सकते हो और न ही आशियाना मोड़ के गोलगप्पे। दिल्ली के गोलगप्पों का पानी कितना फीका होता है न? टाइम फ्लेड्स! लेट्स ग्रो अप, गोल्डन...क्योंकि इस शहर में इश्क सिर्फ वीक एंड पर ही जवाँ हो सकता है, और वो भी घंटों की किश्तों पर! बेटा, तुमको मंडे को भी संडे का मजा चाहिए! ऐसा थोड़े ही न होता है! बताओ यार! पिछले संडे को शाम साढ़े पाँच बजे से रात के तीन बजे तक आईएनए में पता नहीं कौन-सा परांठा ढूँढ़ने के बाद, सुबह चार बजे वजीराबाद के उस लोहे के कबाड़ में लेके कैसे पहुँचे थे तुम? सात बजे सुबह हॉस्टल के बाहर 'वेरी हैप्पी गुड मॉर्निंग' बोल के निकल लिए थे तुम! तुम पॉवर पफ गर्ल से प्यार क्यूँ नहीं कर लेते! अच्छा ई सब छोड़ो और ई बताओ, तुम्हारे कमरे का चूहा भी बियर पीता है क्या बे? बोतल बेच के ताजमहल खरीदोगे क्या? हनुमान जी का जो पोस्टर टाँग के रखे हो, उतार दो उसको! कसम बता रहे हैं, गंदगी से हार्टअटैक आ जाएगा उनको! एमसीडी का डस्टबीन भी ज्यादा साफ होगा तुमरे कमरे से! बियर का बथान है तुमरा रूम?

बथान याद है बे, गोल्डन! नहीं, बस ऐसे ही पूछ रही हूँ। दिल्ली पहुँचते ही तू मैं-मैं करके मिमियाने लगा है! 'दिल्ली से हूँ, भैंचो' टाइप्स क्यूँ साउंड करने लगा है? मुझे तीन बार 'गोलियों की रासलीला नहीं देखनी गोल्डन! तू दीपिका देखके पैसा वसूल कर लेता है, मुझे रणवीर सिंह हॉट नहीं लगता! तो क्या करें? कोई बात नहीं, वी ग्रो अप! तुम बड़ा दूध के धुले हो क्या? पिछले तीन संडे से कुत्ते की तरह बुला रहे हैं तुमको कि बेटा एक बार आओ

कभी पहाड़गंज, गिग दिखाते हैं, सुनी कभी तुमने मेरी? अंग्रेजी म्यूजिक हमको झाँव-झाँव लगता है—हर बार का यही स्टैंडर्ड बहाना है तुम्हारा! ठरक मची तो बस मिनट-भर में कॉल करके फरमान जारी कर देते हो! 'सुनो, तुम जीटीबी मेट्रो आ जाओ न, हम वहाँ आके तुमको पिक कर लेंगे! मैं क्या हूँ? व्हाट एम आई, योर फकिंग व्होर? तुम क्या करते हो, कहाँ रहते हो...नहीं मालूम! एक तो साला चौहत्तर ठो नंबर से फोन करते हो आजकल! व्हाट्सएप्प पर पता नहीं कौन बाउंसर पीजे भेजता रहता है? तुम अपने दोस्त लोग को नंबर बाँटने वाला कारोबार फिर से चालू कर दिए हो क्या? दो दिन सही से बात करते हो, तीसरे दिन से आउट ऑफ सर्विस हो जाते हो! कभी जगराता में खड़े होकर डीपी खिंचाते हो, कभी बीच रोड पर अपनी स्कार्पियो के बोनट पर स्वैग फेंकते रहते हो! तुम कौन से गर्लफ्रेंडव्रता बॉयफ्रेंड हो बे, जो हमपे चीख रहे हो? फिर सब कुछ भूल के जब साला यहाँ कॉलेज में सेट होने लगो, तो बेटा महाभारत मचा देते हो तुम एक रात! बात काहे नहीं करती हो, बात काहे नहीं करती हो!! बताओ तुम बेटा, बताओ हमको, कुछ करें-धरें कि बस मीराँबाई बन जाएँ तुम्हारे प्यार में! बड़का आए हैं ई भगवान किसन!

लेट्स ग्रो अप एंड एक्सेप्ट दिस यार कि अब हमसे अलग हमारी भी एक दुनिया है जहाँ हम दोनों को बराबर जीना है! बड़े शहरों में जिंदगी जिद से नहीं चलती! तू मुझसे अड़तीस किलोमीटर या शायद उससे भी कितना दूर है अभी—मालूम है न? सच पूछए तो अभी इस वक्त या शायद हर वक्त, हम भी लिपटे हुए रहना चाहते हैं—किसी बिस्तर पर, किसी बाइक पर, किसी अँधेरे सिनेमा हॉल में, तुम्हारे कबूतर जैसे बाइसेप्स को नापते हुए, तुम्हारी बकरी जैसी दाढ़ी गिनते हुए! आई जस्ट लव दैट, गोल्डन! तुम बिना शेव किए हॉट लगते हो! तुम शेव मत कराना, एकदम निरहुआ लगते हो! जस्ट किडिंग बे! खैर, झूठ नहीं बोलते हैं, लेकिन हर बार जो तू मुझे होस्टल के बाहर टपका के जाता है न, तू अपने साथ एक टुकड़ा मेरा भी खींच ले जाता है, गले में दिल-सा आने लगता है हर बार! मुझे हॉस्टल की रोटी घोंटे नहीं घोंटाती, तू मुझे रोज डिनर के बाद छाछ क्यूँ नहीं पिला सकता! लेकिन तू नहीं पिला सकता, एंड लेट्स ग्रो, ये टाइम ऐसा है कि...तू नहीं पिला सकता!

सुन, तू दिन-भर में दो सौ किलोमीटर चलने लगा है। हजार बार बोला, रात को पैर धोके गमछा बाँध ले, तू सिर्फ मेरी गालियाँ ही पढ़ता है या और मैसेजेस भी! ग्रो अप यार, गोल्डन, क्योंकि इस शहर में दर्द होने पर अपना पाँव खुद ही दबाना होता है! पिछले छह साल से कैल्शियम की गोली खिलाते आए थे मुझे, दिल्ली आने के बाद से पूछा है कभी कि मेरी कैल्शियम सैडोज वाली बोतल अब खत्म क्यूँ नहीं होती? गोल्डन, थकी हुई-सी बिस्तर पर

कटे पेड़ की तरह हम भी गिरते हैं—सेमेस्टर के पेपर के बीच, सुबह ढाई घंटे अमर कॉलोनी में पम्मी आंटी के लाडले को महीने के चार हजार रुपयों के लिए दो घंटे 'टू वंजा टू, टू टूजा फोर' सिखा के हम भी आते हैं! ये दिल्ली है गोल्डन—यहाँ पहाड़ा टेबल होता है! बताए नहीं हैं तुमको, बेटा, लेकिन जितनी बार तू डीएलएफ एम्पोरियो वाले हार्ले डेविडसन की आउटलेट से अपनी पसंद वाला हेलमेट देखकर आहें भरता निकला है, करेजे पे रेती चल जाती है मेरे! तुझे आखिरी शर्ट मैंने कब दी थी, याद नहीं—गोल्डन मुझे तेरा वार्डरोब सजाने को दिल करता है, उजली दीवारों वाले किसी प्यारे से कमरे में एक क्यूट से बिस्तर पर कोई साफ चादर बिछाने को दिल करता है मेरा और चिपकाने को जी करता है वो तस्वीरें जो इस शहर के किसी पुराने से किले में पचास-पचास रुपए की एक निकलवाई थी तुमने? सुनो, तुम पाउट करते वक्त बिलकुल शाहरुख खान के जैसे लगते हो, माँ कसम! मेरा मन करता है कि मैं टाँग के घूमूँ वही डीएसएलआर वाला कैमरा जिसको टाँगकर ये सारा शहर मुआ फोटोग्राफर बना बैठा है और ताबड़तोड़ उतार लूँ सैटरडे की उन सुबहों को जब रात-भर मुझे प्यार करने के बाद मेरे नींद से जगाने पर तुम चिढ़े-चिढ़े से जागते हो! मेरा मन करता है, गोल्डन कि हर बार, बार-बार मैं वैसे ही तेरी हार्ले के पीछे बैठूँ और तेरी स्पीड में आँखों में पानी लिए हुए, अपनी साँसें हलक में लिए हुए, रोज सुबह कॉलेज के बाहर ठीक आठ पैंतालीस पर आ गिरूँ! तू मुझे मेरा क्लास मिस क्यूँ नहीं करने देता है बे? मुझे ये सब करने को दिल चाहता है, गोल्डन—लेकिन साला न मेरे पास वो डीएसएलआर वाला कैमरा है, न तेरे पास वो हार्ले! मुझे जल्द से जल्द ये सब चाहिए! बिन गैजेट्सवाला प्यार अक्सर बोरिंग हो जाता है।

हम राँझना वाली सोनम कपूर नहीं हैं बे, गोल्डन! रम्या बोलती है, मैं बिलकुल तेरी कार्बन कॉपी हूँ—लड़का होती तो वो मुझे अपना बॉयफ्रेंड बना लेती! शुक्र है, मैं लड़की हूँ! हाँ, हम बड़ा होना चाह रहे हैं, बड़े सपने देख रहे हैं—इतने बड़े शहर में स्मॉल टाउन लड़की सपने नहीं देखेगी तो मर जाएगी, गोल्डन। लेकिन मेरा सपना तुम भी तो हो बे—समझो न? समझते हो न!

हाँ तुम समझते हो! हम साला ब्लेम भी नहीं कर सकते हैं तुमको—सब तो समझते हो तुम—मेरा दूर होना, पास होना, मेरी चुप्पियों की गहराई, मेरी बकबकी का सन्नाटा—तुम सुपरमैन हो क्या जो सब समझ जाते हो? सब कैसे समझ लेते हो! इश्क में आदमी को इतना परफेक्ट भी नहीं होना चाहिए—जितना कि तुम हो! तुम सब समझ लेते हो, सब त्याग देते हो—मेरे लिए! बिना सोचे, बिना समझे उड़े चले आते हो मेरे एक मिस कॉल

पर...सारे सिगनल तोड़-ताड़ के, पगलाती हूँ मैं तो समझा देते हो, जो रूठ जाती हूँ मना लेते हो, जो सवाल पूछ लेती हूँ तो बहला लेते हो, जो रोना मैं चाहूँ तो हँसा देते हो—तुमने आशिकी में राज कपूर से ट्रेनिंग ली थी क्या?

ग्रो अप न, गोल्डन, क्योंकि इश्क में सामनेवाला आदमी जब बच्चा हो जाता है न तो समझदार पार्टनर की लग जाती है! तुमको पता है प्रॉब्लम क्या है कि साले, कोई प्रॉब्लम नहीं है। बस, तुम अब भी बच्चे हो, मैं कमबख्त समझदार हो चली हूँ! मुझे इस दिल्ली की हवा में घुटन होती है। गोल्डन, निकाल के ले चलो न मुझे कहीं पहाड़ों पर! रोज मैगी बना के खिलाएँगे तुमको। बहुत बोलते थे न तुम कि 'दिल' फिलिम के आमिर के जैसा घर से भगाके ले जाओगे हमको और शाम को लकड़ी काट के अपने हाथ से खाना बनाके खिलाओगे...बोलो? बोल न बे? तुम प्यार में अब पहले जैसे फिल्मी क्यों नहीं रहे? लड़ने-झगड़ने का काम तो मेरा था न? तुमने कब से सीख लिया?

अबे नहीं समझ में आता है हमको ये सब कुछ—ये मेरा ऐसा होना, ये तुम्हारा वैसा होना! मुझे नहीं समझ में आती हैं वो गालियाँ जो रोज रात को यूँ ही पता नहीं किस रौ में बह के हम एक-दूसरे को बक देते हैं! फिर अगली दो रातों के बाद तेरी गोद में सर रखके सुबह न होने की मन्नतें माँगना—ये भी समझ में नहीं आता है! ये सब कुछ इतना अजीब क्यूँ है? इस शहर में प्यार इतना चुभता क्यूँ है, गोल्डन? मुझे वापस लेके चलो न!

सेंटिया गए हैं हम—और काश कि हम तुमरे जैसा सेंटीमार होते, तो माँ कसम, लाइफ-भर सेंटी मारते रहते! लेकिन यहाँ सब कुछ किश्तों में होता है—प्यार भी, तकरार भी। मुझे किश्तों में नहीं झगड़ना है तुझसे, मुझे टुकड़ों में नहीं प्यार करना है—हमको बोरा में भरके भगा लो न, यार गोल्डन!

ग्रो अप न, बताओ न मुझको कि साला फ्यूचर नाम की ये चिड़िया हर रिलेशनशिप में नासूर बनके क्यूँ मिलती है यहाँ? बताओ न हमको कि धीरे-धीरे, इस शहर के फ्यूचर कंसस पगलेट जोड़ों को देखते-देखते ये फ्यूचर नाम का कीड़ा हमको भी क्यों काटने लगा है? ये पहली बार क्यूँ हो रहा है, गोल्डन कि हम तुमको लेके सवाली हो रहे हैं? हम प्यार कर रहे हैं या एमबीए, बताओ न—हम खुद से पूछ-पूछके थक चुके हैं—और कसम से बता रहे हैं, तुम्हारे हर फोन कॉल के बाद, कतरा-कतरा दूर होने लगे हैं तुमसे!

क्या है हमारा फ्यूचर? बताओगे? नहीं बताओगे तो पहले के जैसा सामने आकर दू ठो थप्पड़ लगा कर क्यूँ नहीं कह देते कि बंद करो बकबक अपनी। तुम भी चुपचाप क्यूँ रह जाते हो? गोल्डन, तुम फिक्र में पतले क्यूँ हो जाते हो।

हम तो पहले से बकलोल थे ही—खाली मैक्रो और माइक्रो इकोनॉमिक्स आता था हमको, और अब नया-नया ड्रम बजाना आया है, जो तुम कभी नहीं सुनने आओगे! डपट के रोक लो न हमको इतना ओवर स्मार्ट होने से! बड़े हो जाओ न, गोल्डन—कि हमको जिंदगी-भर के लिए बच्चा बना लो न...

नहीं लिख सकेंगे अब और कुछ...तुम सब समझ लेना न और हमको भी समझा देना...

पाँच तारीख को टेरेस कैफे, पहाड़गंज आओगे? क्यूँ? अभी नहीं बताएँगे! सरप्राइज है तुम्हारे लिए...

तुम्हारी कमीनी
डेजी

ये शहर नहीं सर्कस है

दिल्ली; नवंबर, 2013

डियर डेजी,

लेट्स ग्रो अप! कभी-कभी बहुत अच्छा मजाक कर लेती हो तुम, डार्लिंग! लेट्स ग्रो अप! सात साल की उमर में अपने पप्पा जी की लाश जलाते हुए किसी बच्चे से मिली हो कभी। मिली हो कभी सरकारी इस्कूल में टीचर से बिन बात के छड़ी खाते हुए उस लड़के से जिसे अट्ठारह का पहाड़ा अब तक याद नहीं हुआ। मिलना न कभी उस बूढ़ी अम्मा के बिलखते लड़के से, जिसने महीने की दो हजार की दवा के लिए तीन होली की साड़ियों को कुर्बान करते देख खुद के नाकारा महसूस किया था। मिलो न कभी उस पागल रोमियो से जिसने अपनी जिंदगी में हर बार टूटके प्यार किया है, सिर्फ खोने के लिए। जो बिना कुछ देखे-समझे एक रात उठके आ जाता है अपनी जान के पास, अपनी जान के लिए, बिना इस बात को जाने कि सर्दियाँ आते-आते वो तुम्हें और तुम्हारे शहर को हमेशा के लिए अलविदा कह फिर से

लौट जाएगा न जाने कहाँ—मिलो न डेजी, उस शराबी से लड़के से जो अभी उसी लोहे के कबाड़खाने में तुम्हारी तस्वीर लिए हुए, अपना बैग पैक कर तैयार खड़ा है, तुमको बस एक बार देखने के लिए, एक आखिरी बार—मिलो न इन सबसे डेजी, जो मिलोगी तो फिर कभी नहीं कहोगी कि गोल्डन, ग्रो अप!

मुझे नहीं करना है ग्रो अप, डेजी! का तो कहते हैं अंग्रेजी में—आई रेफ्युज टू ग्रो अप! कुछ नहीं रखा है इस 'ग्रो अप' में! बड़ा होना दुनिया का सबसे बड़ा फरेब है! मुझे फिर से बच्चा बनना है, तुम फिर से क्लास टेन में एडमिशन ले लो न, डेजी!

सत्तर-अस्सी से ऊपर गाड़ी भगाते हुए अभी फिलहाल हम काँप रहे हैं। डेजी, बहुत दिनों के बाद ऐसा डर लगा है! हमको इस शहर से दूर भाग जाना है! हमको तुम्हारे बहुत पास आना है! ये दोनों बातें रेल की पटरियों जैसी हैं! हमको कुछ भी नहीं समझना है!

डेजी, सुन रही हो न तुम, सुनो न प्लीज! सब कुछ ठीक कर दो न! तुम तो पटना की टॉपर हो न, फिर सब कुछ ठीक क्यूँ नहीं कर देती हो...यार, हमको अपने साथ फेविकोल से चिपका लो न! मत दो न समझदार हो जाने की डीलिंग हमको, मत समझाओ सच और झूठ! डेजी, तुम फिर से बच्ची हो जाओ बस!

तेरा शहर हमको खा गया, डेजी...हमको जाने से रोक लो न!

मोंटी भाई पागल है—एकदम पागल! साला, सनकी पिंयाक है—यहाँ सब-का-सब! मैया गे मैया—हम कहाँ आके फँस गए। जाने कौन जनम का पाप किए थे हम...जो इस शहर में आके उस रात रोल खाने चले गए थे! इस शहर की पौलिटिक्स ने हमरी लाइफ साला उप्पर से नीच्चे झोल करके रख दिया। बइठे-बइठे हमरी जिंदगी में लुत्ती लगाके हमको रौकेट बना दिया! हम बर्बाद हो गए बे, डेजी! ये नहीं होना था—बस, ये नहीं होना था...इस शहर में...हम बस जीने के लिए आए थे डेजी—लेकिन देखो न, हम क्रिमिनल इस दिल्ली ने तो हमको क्रिमिनल बना डाला! डेजी हम क्रिमिनल नहीं हैं! नहीं हैं न?

हम सर फोड़े हैं तीन ठो, ढाई ठो तुमरे चक्कर में और आधा पिंटू का। बदला में, लात-जूत्ता-चप्पल-लाठी, चाकू—मानते हैं कि हम बचपन से इन सब औजारों से पिटते-पिटाते आए हैं—छे क्लास में सैदपुर हॉस्टल वाले शर्मा भिया से लेकर रिवाल्वर छुए थे पहली बार, तीसरी क्लास से एलफिस्टन सिनेमा के बाहर टिकट ब्लैक करते आए हैं—हमको आवारा, लफंगा, मनचला,

झूठा, मवाली सब कह लो, कहती ही हो, लेकिन अम्मा कसम, अभी तीन घंटा पहले तक हम क्रिमिनल नहीं थे! हम बस एक ड्राइवर थे! बस...तेरे आसिक!

... ...

मोंटी भाई आजकल रोज पता नहीं किससे-किससे कहाँ-कहाँ मिलने लगा था। मिसरा जी भी जब देखो, आम आदमी-आम आदमी करते हुए, साथ टँगा हुआ रहता था। पता नहीं कौन-कौन सा मोहल्ला, झुग्गी-झोंपड़ी में गाड़ी लेके घुसते रहते थे हम! दिल्ली में इलेक्शन के बखत दम घुट जाता है बे, डेजी। सुबह से लेकर शाम तक हमको भी पता नहीं चलता था कि कर क्या रहे हैं—कभी चड्डा के साथ सीलमपुर जाकर पाँच सौ गांधी टोपी का आर्डर देके आते थे, कभी नंद नगरी में रैली के लिए होर्डिंग छपवा के आते थे। ऊपर से मोंटी भाई की गाली सुनो वो अलग—'भैंचो, तुझे झाड़ू का कलर डार्क ब्लैक बोला था न करवाने को, ब्लू लग रहा है?' ईमानदारी में बड़ी ई होती है, बर्तनी दोष है! भांड में गई वर्तनी! मिसरा को बेटा इतनी ही हिंदी आती है तो इलेक्शन लड़ना छोड़ के, बनवा के दिखा दे इस टेम पे होर्डिंग! साला प्रिंटिंग प्रेस के पास जाओ तो बेटा अलग बकचोदी होती है उसकी—इलेक्शन के मौसम में यहाँ सब चौधरी बना बैठा है—हजार पीस बीजेपी, पाँच सौ पीस कांग्रेस और अब हजार पीस आप—भाईसाब, सियाही सूख जा रही है आजकल के टेम पर इतनी बकचोदी छापने में—ऊपर से साला लगन का टाइम अलग! मोंटी भाई को घंटा समझ में आता है कुछ! खुद तो जब देखो कभी इस बार में, कभी उस बैंकेट में बैठे-बैठे बीयर और टिक्का गटकते रहते हैं, और हजार की एक गड्डी थमा के दौड़ाते रहेंगे हमको शहर-भर में! 'तू पैसे की टैंशन न ले, बस बेटे गाड़ी भगाए जा!' मोंटी भाई सब मैनेज कर रहे हैं! मोंटी भाई नेता बन रहे हैं!

डेजी, तुमको पता है आज तक हम कन्फूज थे कि इस कंट्री में नेता इलेक्शन लड़ता है, नेता भाषण देता है, नेता पब्लिक को रिझाता है—ई सब कुछ तुमरी कॉपी-किताब में लिखल झूठ है बे! नेता बनता नहीं, बनाया जाता है! करोड़ों की भीड़ में सब कोई मोदी-केजरीवाल नहीं होता! ऊ लोग बड़का आदमी है, लेबल अलग है बे उनलोग का—ऊ दुनिया को हम देखे नहीं हैं, न जानते हैं—चड्डा बोलता है मोदी-मोदी, हम मोदी जी की जय कह देते हैं। क्रिस्टो बोलता है केजरीवाल जिंदाबाद, हम केजरीवाल का जयकारा बोल देते हैं! हम कंगाल आशिक हैं मेरी रानी और मेरे जैसे कंगाल आशिकों की कोई पॉलिटिक्स नहीं होती है! लेकिन जेतना हम पिछले दू महीने में देखे हैं, ऊ देखके बस एतना ही कहेंगे तुमसे कि मुलुक में छुटभैया सबकी बहार आई हुई है जो साला पब्लिक

को केजरीवाल और मोदी के नाम की टोपी पहना-पहनाकर अपना उल्लू सीधा करती रहेगी! पॉलिटिक्स और इश्क सब साला एक जैसा है यहाँ, लगेगी ही, लगना ही है—सबको पता है, लेकिन सब साला लगवाने को मताइल हुआ पड़ा है! कुच्छो बन जाना, डार्लिंग, कभी पब्लिक मत बनना! मोंटी भाई भी यही बोलता है कि बिन्नेसमैन आदमी सड़क का कुत्ता होता है, जिधर नोटवाला बोटी दिखता है, उधर मुँह मार लेता है! शहर में कुत्ता बन जाओ, इनसान कभी मत बनना! पब्लिक इनसान होती है! मोंटी भाई बहुत कुछ बोलता है—सही-गलत, झूठ-सच, सब कुछ! हमको उसकी बात कभी-कभी समझ में ही नहीं आती है—स्लो बुद्धि है शायद हमारा—ऊ एक इस्टेप आगे सोचता है—इसीलिए मेरा मालिक है!

तुमको पता है मेरी इस्कारपियो में हर पार्टी का आदमी बैठता है—गिज्जू तंवर से लेके बिनायक मिसरा तक! कोई गोयल सर का भांजा है, कोई दीक्षित मैडम का भतीजा, कोई आम आदमी की औलाद! अगला सीट पर गियर बदलते-बदलते हम साइड मिरर में सबकी शकल देखते रहते हैं—हँसी आती है हमको—मिडिल क्लास आदमी सब जब पॉलिटिक्स की बात करता है न, बाई गॉड बहुत फनी लगता है! सब को साला यहाँ नेता बनना है, सब को साला नेता को गरियाना है! डेजी डार्लिंग, हम एक कन्फ्यूज देश के कन्फ्यूज निवासी हैं! यहाँ नेतागिरी सड़कछाप हवाबाजी का दूसरा नाम है जो तेरे यार और उसके जैसे सैंकड़ों बेरोजगार मजबूरों के कंधों पर चढ़के की जाती हैं! झूठी हैं ये रैलियाँ और ये भाड़े पर की भीड़ जिसे तेरे यार के यार के यार एक पैकेट पूरी-सब्जी और मिनरल वाटर के पाउच के झाँसे में लारियों पर टाँग के न जाने कहाँ-कहाँ से ले आते हैं! चुनाव में सब कुछ फ्रौड है—भीड़ से लेके वायदों तक, होर्डिंग से लेकर नारों तक—डार्लिंग, तुमरी डेमोकरेसी आजादी के बाद गरीबों से किया हुआ सबसे बड़ा मजाक है! यहाँ नेता बनने के लिए अब भी बोलियों से जादा गोलियों की जरूरत पड़ती है! जब तक इस मुल्क में नेता हैं, तमंचे बनते रहेंगे!

2011 में, जब इंग्लैंड वाला सब इंडियन टीम को दबाके पेल रहा था, याद है कैसा मेला लगा था? मुलुक में अन्ना बाबा आए थे!

अन्ना आ...मेला लगा...करप्शन हटा...भाषण सुना...टीवी घिना...पेपर में आ...बकबक कर...संसद हिला...भूखा रह...भजन सुना...स्टेज छोड़... कट ले...

ऐसा ही हुआ था न? बुढ़ऊ के लिए हमहूँ अकरम, पिंटू लोग के साथ गाँधी मैदान में बाइक वाली रैली किए थे! घंटा हमको करप्शन से मतलब था, शहर में हुड़दंगी का मौका थे अन्ना हमारे लिए, सो निकल गए थे बाइक

पर—मैं भी अन्ना...मैं भी अन्ना करते हुए!

फिर डेजी, दस-पाँच दिन बाद हम भूल गए अन्ना को—एतना काम रहता है पब्लिक को—कौन याद रखता है बे? अम्मा की गाली सुननी थी, तुमको कोचिंग छोड़ना था, जब्बर मियाँ के गैराज पर नौकरी लगी थी तब मेरी...याद है?

यहाँ आए, तुमरे लिए...तो देखो कहाँ फँस गए! डाउट तो साला हमको यहाँ उतरते ही हो गया था कि बड़का गड़बड़झाला है कोई! अन्ना के सेनापति ने ऐसा गेम खेला है, डार्लिंग—इस शहर का हर खास अभी आम होना चाहता है! बुराड़ी की गलियों में राम नाम नहीं, आम नाम सत्य है! अब सत्य चाहे जो भी हो, लेकिन इस ईमानदारी के फीवर में साला मेरी लाइफ की ऐसी लगेगी, डार्लिंग, हम ये कभी नहीं सोचे थे!

हम साला पंद्रह हजार महीने पे खटनेवाले आदमी क्या क्रिमिनल बनेंगे बे? नोट गिन-गिनके जीते हैं—तीन गो हिस्सा लगाते हैं एक तारीख को! एगो अम्मा को पटना भेजने वाला, एगो तुमरे साथ इशकबाजी के लिए, और बाकी बचा जीने के लिए! साला, मोंटी भाई को देख-देख के क्या मेरा मन नहीं करता है कि बड़का-बड़का जगह पर एटीएम कार्ड से पेमेंट करें, कि साला मेरा भी बैंक में खाता हो, दू मेगा पिक्सेल का ई चोन्हर जैसे फोन के बदले 16 मेगा पिक्सेल वाला इस्मार्ट फोन हो, उजली पैंट पे उजले, बुल्लू जीन्स पर बुल्लू जूते पहनें—क्या मेरा मन नहीं करता है कि तेरे को लेके कभी खुल्ली छतवाली गाड़ी पे रात-भर हाईवे पर लांग ड्राइव वाला गाना सुनते हुए उड़ते रहें! खाली तुमरे सपना है, तुमरा ही अरमान है! तुमरे साथ जिंदगी को जिंगालाला करने वास्ते आए थे यहाँ...अम्मा के लिए चार पैसा कमाने आए थे यहाँ...कि चलो साला अब बुढ़िया नाकारा नहीं कहेगी हमको...कि अपने दमा की दवाई लेने के लिए गोतनी से चिक-चिक करके बीपी नहीं बढ़ाएगी अपना...कि साला लाइफ में कभी एक दिन ऐसा आएगा कि इस शहर में नेयाज के साथ मिल के अंडा वाला बिन्नेस शुरू कर देंगे, कि कभी एक बार फॉर्मल शर्ट-पैंट पहनकर तुमरे पप्पा जी से मिल सकेंगे—गलत सोच के आए थे क्या बे, डेजी, हम यहाँ? नहीं न?

फिर इस मुई डेमोकरेसी और इस शहर की सियासत को ये मंजूर क्यों नहीं हुआ! यहाँ मेरे इर्द-गिर्द सबको सबसे ज्यादा आगे निकलना था! सबको 'और बड़ा' बनना था। मोंटी को और बड़ा बिन्नेसमैन बनना था, मिसरा को और बड़ा नेता! मोंटी को लगता है, वो मिसरा को चूतिया बना रहा है, मिसरा को लगता है वो मोंटी को! इसलिए वो दोनों खुश हैं! हम सब इसीलिए खुश हैं! लगी तो बस मेरी न...अब तो लग गई है—क्योंकि मैंने किसी को कभी

चूतिया नहीं बनाना चाहा!

हमको कभी बड़ा नहीं बनना था! आज भी नहीं बनना! हम बस होना चाहते थे—यहाँ तुम्हारे पास! लेकिन बस होना ही दुनिया का सबसे मुश्किल काम है! भगवान जी हर टेम मजाक करते आए हैं हमरे साथ, यार! आज समझ में आया है कि दीवार में अमिता बच्चन काहे गरियाता था ऊपर वाला को! गरीब मजबूर के हाथ में बाबा जी का ठुल्लू आज से थोड़े ही न थमाते आए हैं ई!

डार्लिंग, कल रात ग्यारह बजे के आस-पास की बात है! चुपचाप से वजीराबाद वाले ट्रांसपोर्ट ऑफिस के बाहर चड्डा और क्रिस्टो के साथ बैठे-बैठे मेहुल माकन को सुन रहे थे! क्रिस्टो, कौन तो मैकडोनल्ड जगह है, वहाँ से कागज के लिफाफे में आलू की टिक्की वाला बर्गर लाया था—मस्त लगता है! चपर-चपर करते हुए हम तीनों मेहुल जी को सुन रहे थे! लभ-उभ के मैटर का एक्सपर्ट है ऊ! मेरे नए...बॉयफ्रैंड नए...ही इज इन बंगलोर आई एम नौट सियोर अबाउट डिस लांग डिस्टेंस थिंग...क्या करूँ मैं?—कोई मोहतरमा रेडियो पर रोने-रोने को थीं!

मेहुल माकन पक्का दारू पी के बोलता है! होश में माई किरिया किसी आदमी की आवाज इतनी नशीली हो ही नहीं सकती! सही बात है क्या? तुम रेडियो सुनती हो क्या, डेजी? सुनना न कभी, मेहुल सब ठीक कर देता है! हमहुँ सोच रहे हैं एक दिन उसको कौल मिलाने को! पूछेंगे अपनी रानी को कैसे मनाएँ!

इधर मेहुल भैय्या उस मोहतरमा की प्रौब्लम सौल्भ करना शुरू हुए, उधर मोंटी भाई बवंडर के जैसा अपना छे फुट का फ्रेम लेके टपक गए!

'ओए मिसरे, तू पैनिक बहुत करता है बे, रुक भैंचो, आज फुल एंड फाइनल कर देता हूँ मैं। रख फोन!' उनको फोन पर यूँ बकते हुए देख हम चुपचाप से चाभी सँभाल कर खड़े हो ही रहे थे कि चड्डा ने चुतियापा कर दिया!

'मोंटी भाई, एक क्वैरी दस्सुं?' चड्डा चालू हुआ!

'दस्सो?'

'ये लोंग डिस्टेंस लभ की होंदा है?'

'गड्डी निकाल जल्दी से, बताता हूँ!' मोंटी भाई ने चड्डा को फुल इग्नोर मारते हुए अपने नए वाले स्क्रीनटच फोन से स्ट्रगल करना शुरू किया! 'भई, मैं क्या बोलता हूँ, आपके लिए नोकिया ग्यारह सौ ही सही रहेगा!' चड्डा बकचोदी पर बकचोदी पेले जा रहा था! कोई और दिन होता तो मोंटी

भाई मोबाइल फोन के बारे में रामकहानी शुरू कर देते। लेकिन आज भाईसाब चुप थे। मोंटी भाई को उसकी बकचोदी में कोई इंटरेस्ट नहीं था!

'जी.टी. रोड, मुरथल की तरफ ले तो! जल्दी!' मोंटी भाई ने हमेशा की तरह आज फिर सीट बेल्ट नहीं लगाई थी! मैंने रोबोट की तरह गाड़ी भगाना शुरू कर दिया!

चड्डा चूँकि आज पिटने का फुल मन बना कर आया था, तो उसने आगे बढ़कर रेडियो चला दिया! मेहुल माकन कुछ का कुछ हिंदी-इंग्लिश मिलाकर बके जा रहा था! अंडरस्टैंडिंग बनानी होगी, एक-दूसरे को समझना होगा, टाइप की रोमांटिक बकचोदियाँ चालू थीं!

चड्डा भरपूर कन्फूज था!

'ओ जी, जब लौंडिया यहाँ दिल्ली में है, लौंडा बंगलौर में तो कैसा लभ, कोण सा लभ! घंटा घटेगा कुछ! फालतू बकचोदी किए जा रहा है ये!'

'चड्डे तेरी बंदी है कोई?' मोंटी भाई ने मोबाइल से फुर्सत मिलते ही पूछा! हम सबको राहत मिली!

'भई, ट्रायल मोड में हूँ अभी! पीतमपुरा वाली थर्टी टू फोर्टी परसेंट लाइन देने लगी है!'

'अच्छा जी! आशिक हो गया लौंडा अपना, रोमियो कुमार रख ले तू अपना नाम!'। मोंटी भई हँसे!

मैं मुस्कुरा रहा था! क्रिस्टो हाहा-होहो कर रहा था!

'भई बताया नहीं, आपने? ये लोंग डिस्टेंस क्या होता है?'

'भाईसाब ऐसा है, तूने एड्स का नाम सुना है कभी? ये लोंग डिस्टेंस भी न, इस टेम लौंडे-लौंडियों को लगनेवाली सबसे बड़ी बीमारी है—एड्स के जैसी!' मोंटी भाई ने भिस्की में सोडा मिलाते हुए कहा!

'भाई, सौरी टू से, यो एड्स से भी खतरनाक है! आरिफ बका!

'अच्छा जी! कैसे-कैसे?' चड्ढा साला मारे एक्साइटमेंट के मेरे पे ही टंगा जा रहा था!

'भाई, एक पॉइंट मिस कर दिया आपने, एड्स तो फिर भी एक्शन होणे के बाद होवे है, लोंग डिस्टेंस में तो इनसान बिन एक्शन के हिलाते-हिलाते ही मर जावे है!' आरिफ बका! सब पगला टाइप से हँस पड़ा!

'ऐसा भी नेई है, यार! सुने नहीं क्या रेडियो पे क्या बोलता है—पार्टनर के बीच अंडरस्टैंडिंग और ट्रस्ट हो तो इट वर्क्स! और बेटा फोन पे अलग लेबल का मजा मिलता है! क्यों भई, गोल्डन? है कि नी?' क्रिस्टो अंधों में काना राजा के जैसा आज कल हर सेंटेंस में इंग्लिश छींट के हीरो बनल रहता है!

'अच्छा जी? इसलिए तू रात-रात भर अपनी मणिपुर वाली आइटम से फोन पर लगे हुए कंबल के भीतर हिलता रहता है?' चड्डा को बस वल्गर होने का एक मौका दे दो! शुरू ही हो जाता है!

'अच्छा, सब चुप। गोल्डेन, बता भाई, सैक्स मास्टर, मेरे, तेरे को क्या लगता है!' चड्डा मुझपे झुकने लगा!

'अबे, तू आके गोदी में बैठ जा मेरे, बताता हूँ तुझे!' मैं गाड़ी सिंधु बोर्डरवाले टोल के पास स्लो करते हुए बोला! आगे ठुल्ले खड़े थे! फ्रंट सीट पर बैठे-बैठे मैं लेफ्ट हैंड से चौथा पेग ढाल रहा था! मोंटी भाई ने शीशा नीचे किया! सौ का नोट हवा में पल-भर के लिए उड़ा। फिर हम आगे निकल लिए!

चड्डा अब अंग्रेजी बीट वाला गाना बजाने की बेइंतहा फरमाइश करने लगा था! मोंटी भाई को कुछ लाइट-लाइट-सा सुनने का मन था! मुझे डर था कि वो आंटी जी फिर से न बजने लगे! लेकिन चड्डा साला बैक सीट से आगे लरजता हुआ मोंटी भाई के पैर पकड़ने लगा! भाई बस एक बार, जस्ट वन्स! दो पेग डाउन, डार्लिंग, तुम मानो या न मानो, हनी सिंह इस कंट्री का फेवरेट है!

हममें से किसी को नहीं मालूम था हम कहाँ, क्यूँ और किससे मिलने जा रहे हैं! टिकट कटने का मौसम आ गया था! एक टिकट के लिए एक जैसे ही दो ईमानदार आमने-सामने खड़े थे! बुराड़ी में अकेले मिसरा जी ही थोड़े न ईमानदार थे!

इस पूरे चुनावी बकचोदी में सन्नी बाउंसर भी अपनी कद-काठी के हिसाब से उछल-कूद मचा रहा था! उस दिन तेंदुलकर पाजी के चक्कर में टपकते-टपकते बचा था साला, फिर भी अकल नहीं आई थी उसको! चार फूट दस इंच का बाउंसर ये सनी खुद मोंटी भाई बनना चाहता है और चाचा गिज्जू तंवर को विधायक बनाना चाहता है। यहाँ सब को मोंटी भाई बनना है, डार्लिंग! यहाँ सब को विधायक बनना है!

टिकट की रेस में मिसरा जी के साथ कंधा से कंधा मिला के सनी बाउंसर और उसके लौंडों के दम पर कोई दौड़ रहा था तो वो गिज्जू तँवर था! नाइंटी एट में मोंटी भाई के साथ मिलकर आउटर दिल्ली में जमीन का कारोबार शुरू किया था उसने! मोंटी भाई और उसने मिलकर एक साल में बवाना के भीतर महेश अगरवाल, जनारदन, रोजी एस्टेट के मालिक जैसे पाँच को अपने इस्पेशल इस्टाइल से मारा था! चड्डा बोलता है, मोंटी भाई किसी स्पेशल तरीके से किल्लिंग करते हैं! लाश सीधे ऊपर डायरेक्ट टू गौड पहुँचती है!

लेकिन मर्डर-वर्डर करके भी कोई बड़ा आदमी बना है क्या? मर्डर करके इनसान क्रिमिनल बनता है! बिन्नेसमैन इनसान दोस्ती करके बनता है—सही समय में सही आदमी से! इस कंट्री में सरकार और परसासन से अच्छी दोस्ती किसी और की नहीं हो सकती! ये बात गिज्जू और मोंटी बहुत अच्छे से जानते थे! 96 के बाद दिल्ली के आउटर में सरकार इंडस्ट्री के नाम पर बहुत सारी खेती की जमीन कब्जा में कर ली थी। इंडस्ट्री पैदा करना मजाक नहीं है, इस बात को समझते हुए सन 98 आ गया और तब सरकार को लगा कि बेटा फालतू के बकचोदी से अच्छा है कि प्राइवेट पार्टी को चिल मार के आसमानी भाव में ये जमीन सेल कर दो! तब से शुरू हुआ दिल्ली के आउटर में जमीन का ये बंदरबाँट, जिसके तीन सबसे बड़े प्लेयर थे—नेता, पुलिस और मोंटी भाई जैसे लोग! सालों से इस देश के सबसे बड़े खिलाड़ी यही हैं! जो जितना शातिर नेता, जो जितना कमीना गुंडा—वो इस खेल का उतना बेहतर खिलाड़ी है! इधर राजधानी में जमीन का बिन्नेस वही आदमी कर सकता है—जो नेता भी हो और गुंडा भी!

चूँकि मोंटी भाई शुद्ध गुंडा हैं, तो वो नेता जनना चाहते थे! गिज्जू भाई खुद को गुंडा भी कहते थे और नेता भी, इसी कन्फूजन में सनी बाउंसर के दम पर ईमानदारी की डफली बजाए हुए थे! इलेक्शन लड़ने के लिए इनसानों को जात में तब्दील करना होता है—ये बात मिसरा और तंवर दोनों को ही मालूम थी! एक खुद को पूर्वांचल के भैया लोगों का रखवाला कहता था, दूसरा जाटों का फेवरेट था! गाँधी वाली टोपी और नोट दोनों के पास थी, और कट्टे का जोर भी! किसी एक को जाना था। आज तंवर का दिन नहीं था।

गाड़ी मुरथल से थोड़ा ही आगे बढ़ी थी! ढाबों का बाजार खतम होने को था! मोंटी भाई ने आगे हाईवे से गाड़ी कच्चे रोड पर उतार ली!

अगले पाँच मिनट में हम देसी शराब के ठेके के बाहर खड़े थे! सामने अपने जैसी एक और एसयूवी लगी हुई थी! इंजन चालू था! मोंटी भाई और क्रिस्टो चुपचाप से डिक्की की तरफ बढ़े! मेहुल माकन अब भी बड़बड़ा रहा था...मैं 'उतरूँ या न उतरूँ' के बीच डोल रहा था और इतने में ताबड़तोड़ गोलियाँ चलने लगीं थी! बंदूक की नलियों से पीली रोशनी निकल रही थी! दरवाजे से दो फीट पहले खड़े क्रिस्टो और मोंटी भाई चुपचाप फैजल खान के जैसा गोलियाँ बरसाए जा रहे थे! मेरी फट गई थी, डार्लिंग...हम सीट के नीच्चे छुपने लगे थे! ये शोर बस चंद सेकंड का था! फिर सब कुछ शांत हो गया था...

पानी की बोतल दियो बे, गोल्डन! मोंटी भाई मेरी तरफ देखकर बोल रहे थे! हेडलाइट की रोशनी में वो मुझे अब भी इनसान लग रहे थे—पता है, मर्डर करने के बाद आदमी आदमी जैसा ही लगता है!

मोंटी बिसलेरी ठेके की सीढ़ियों पर बैठा बिसलेरी गटक रहा था...क्रिस्टो भीतर से बॉडी खींच के बाहर ला रहा था! गरम-गरम लाशों से गरम-गरम खून निकल रहा था, गिज्जू तंवर की बॉडी में ऊपर से नीचे कुछ नहीं तो आठ छेद हुए थे, सन्नी बाउंसर के गाल का मांस पिघल-पिघल के हड्डी छोड़ रहा था! डेजी, गोली चलती है न, तो बॉडी से पता पूछकर नहीं लगती!

मोंटी भाई ने छह सालों बाद अपनी लाइफ का आठवाँ मर्डर किया था! गिज्जू तंवर और बाउंसर यहाँ बैठ के दारु पी रहे थे—ये बात मिस गुलाबो ने मोंटी भाई को बताई थी। सन्नी बाउंसर को उसे इकट्ठे इतनी सारी गालियाँ नहीं देनी चाहिए थी। गालियाँ तो ठीक, उसे गुलाबो को उस रात रंडी नहीं बोलना था, क्योंकि हर लड़की के सहने का एक लेबल होता है...और जब वो फट पड़ती है न, अक्सर मार देती है। सियासत के मौसम में इश्क ने अपना बदला पूरा कर लिया था। हम उस दिन जाने थे कि दुनिया का सारा पॉलिटिक्स दरअसल एक निहायती परसनल चीज है! मोंटी भाई ने अपना बदला पूरा कर लिया था—उन्हें गिज्जू तंवर से ज्यादा बाउंसर पर गुस्सा था—बेचारा मैक्सवेल के चक्कर में ऊपर चला गया!

सुबह के ढाई बज रहे थे! मिसरा जी ने उजले कुरते पर नई जीन्स चढ़ाकर अगली रैली का भाषण आईने के सामने पढ़ा था! अगले आधे घंटे बाद जी.टी. करनाल रोड से बहुत आगे, गाड़ी रोके, शीशा उतारे, आधे जले सुट्टे को उँगलियों पर टिका, मैं किसी अनजान सी बियाबान सड़क पर घड़घड़ाते रोड रोलर को देख रहा था! लाशें अब कोलतार में लिपटी हुईं सड़कों में तब्दील हो रही थीं! सीट पीछे किए हुए अधखुली आँखों से मोंटी भाई फिर से उसी आंटी जी को सुन रहे थे!

इस शहर में एक ईमानदार कम हो चुका था! सुबह अब तक नहीं हुई थी! सियासत सोई हुई थी! हम फीरीफंड में बैठे-बिठाए क्रिमिनल बन चुके थे! लोंग डिस्टेंस एड्स होता है, जानेमन! हम प्यार में फिर से रोगी होनेवाले हैं! हम बैठे-बिठाए भगोड़े हो चले हैं! मोंटी भाई मुझे नहीं बचानेवाला है! सच कह रहा हूँ, यकीन मानो...ये शहर नहीं सर्कस है!

का कहें तुमसे...सॉरी चलेगा क्या?

तुम्हारा भगोड़ा आशिक
गोल्डन

तेरा जाना

दिल्ली; दिसंबर, 2013

डियर गोल्डन,

छह साल पहले की बात है! बिलकुल ऐसी ही जालिम सर्दियाँ थीं। इक लड़की थी। इक लड़का था। लड़की पागल थी। लड़का उससे भी बड़ा पागल था। पुराना-सा वो शहर था जिसे पटना कहते थे। वहाँ ट्रैफिक बिलकुल नॉन सेंस था, सड़कों पर गड्ढे थे, बड़ी-सी वो नदी थी, पुराना-सा इक स्कूल था। लड़की को बास्केट बॉल खेलना नहीं आता था, लड़के को बाइक पर विली वाला स्टंट करने नहीं आता था! ऐसी ही दिसंबर की सर्दियाँ थी—लड़की ने अपने बाल छोटे करा लिए थे। वो प्यार में काजोल हुए जा रही थी, गेम्स पीरियड वाले दिन वो जबरदस्ती कमर के पास बास्केटबॉल चिपकाए डेजी से अंजली बनना चाहती थी! लड़का फेयर एंड हैंडसम लगा-लगाकर थक चुका था! वो अब भी शाहरुख नहीं हुआ था! खुर्जा हॉस्पिटल मोड़ के आगे जहाँ लड़की का स्कूल शुरू होता था, सुबह आठ से बारह बाइक पर

बैठा लड़की के इंतजार में 'नन्हे सम्राट' और 'चम्पक' पढ़ता रहता था!

शहर अपनी पुरानी केंचुलें उतार रहा था! उसके स्कूल की बगल में कोई नया मॉल बननेवाला था! दोनों ने वहाँ लगनेवाली पहली पिक्चर देखने का प्रॉमिस किया था! गंगा हमेशा की तरह बरफ जैसी ठंडी बहे जा रही थी। गांधी सेतु तब भी खतम होने का नाम नहीं लेता था, उस पार केले के खेत तब भी हरे-हरे से थे। लड़की अपनी लाइफ में पहली बार गंगा पार जा रही थी—उसे नाव से जाना था, लड़के को विंड बाइकिंग करनी थी। दिसंबर की धूप बदन में सुइयों जैसी चुभने लगी थी—लड़का सड़क को नहीं, लड़की के चेहरे पर लिपटे दुपट्टे को देख रहा था। लड़की ने लड़के को मुँह से रजनीगंधा की पीक अभी के अभी फेंकने के लिए गाली दी थी, जवाब में लड़के ने बाइक की रफ्तार बढाते हुए लहरिया कट मारना शुरू कर दिया था! लड़की तीसरी बार उस लड़के की बाइक के पीछे बैठी थी, दस बज के कुछ मिनट हो रहे होंगे, लड़की ने ढाई मर्तबे सोचा था कुछ—उसके हाथ लड़के की कमर पर लिपटने-लिपटने से होकर रह जा रहे थे! तभी बगल से वो छोटा हाथी वाला टेम्पो गुजरा था—'जब हाले दिल तुमसे कहने को, मैं मिलने आती हूँ, पर देख तेरा दीवानापन मैं सोच में पड़ जाती हूँ'—ठीक यही गाना बज रहा था उसमें! लड़की ने ये सुना था, और तब से लेके आज तक उसने इश्क में फिर कभी कुछ नहीं सोचा था। उसकी उँगलियाँ लड़के की कमर पर कसती चली गई थीं! थोड़ी देर बाद, ऐसे ही, उबड़-खाबड़ रास्तों में हिलते-डुलते हुए अपना सर लड़के के कंधे पर टिकाए लड़की ने खुद को केले के खेतों के बीच कहीं किसी बियाबान में पाया था! ये सब कुछ नया-नया-सा था। अगले आधे घंटे तक लड़के ने उसे सस्ती शायरी और स्टेशन पर बिकनेवाली जी.के. की किताब के सवाल पूछ-पूछकर पका दिया था। ये उनकी पहले डेट थी! लड़का हद नरभसाया हुआ था।

लड़की ने तब ही जाना था कि अंगोला की राजधानी लुआंडा है, और अशोक की बेटी का नाम संघमित्रा था! लड़के ने डीलिंग दी थी कि बड़ा होके वो बैंक पीओ बनेगा और इसलिए खजांची रोड में अगले हफ्ते से कोचिंग लेनेवाला है! लड़की इश्क में थी, लेकिन बेवकूफ नहीं थी! अपने पटनिया आशिक के चेहरे पर झूठ साफ पकड़ लिया था उसने! फिर लड़के ने आनेवाले आधे घंटे तक कई और झूठ बोले थे—लड़की ने कुछ नहीं सुना था! क्योंकि इन सब के बीच उसने उसके होंठों पर आया एक सच पढ़ लिया था—'भगवान कसम बोल रहे हैं, हम जब से तुमको आशियाना वाला पंडाल में इस दुर्गापूजा देखे हैं न, सुबह-शाम-दोपहर सिर्फ तुमरे चेहरा दिखता है! अष्टमी को लाल साड़ी में एकदम से दुर्गा माई लग रही थी तुम—हमको

तुमसे बहुत-बहुत-बहुत-बहुत-बहुत-बहुत...प्यार हो गया है!' लड़के ने कहा था—और लड़की ने अपनी जिंदगी में इससे सेक्सी काँपती हुई-सी आवाज नहीं सुनी थी! दोनों ने थोड़ी देर एक-दूसरे को बिन बोले ताका था—लड़का लड़की की आँखों में घुसा जा रहा था! लड़की लड़के के सर पर लगे टाँके के निशान को देखती हुई कहीं बहुत अंदर से पिघले जा रही थी! वो प्यार में आवारा हो रहे थे कि हिलते हुए से केले के झाड़ों में से तीन जोड़ी आँखें उन्हें घूरती हुई-सी मिली थीं! अगले पाँच मिनट में लड़का बदहवास-सा कीचड़-कादो में बाइक पर लड़की को बिठाए, साइकिल के जैसा बाइक खींच रहा था। लड़की एकदम डरी हुई नहीं थी, लड़का भागे जा रहा था! वो फिर से सड़कों पर थे! और जीरो माइल से जस्ट पहले, जब दो बड़का-बड़का ट्रक के बीच में बाइक सरक रही थी न, लड़की ने उचक कर एक्साइटमेंट में लड़के के कान काट लिए थे!

तुमको पता है, लड़के की बाइक पर बैठकर हर बार लड़की को घोड़ी-घोड़ी सा फील होता था—आज कल की बाइक में पिछली सीट इतनी ऊँची क्यूँ होती है? खैर, जो भी हो, वो सर्दियाँ लाजवाब थीं! प्यार में वो इतने गरम हो गए थे कि दोनों ने अपना जैकेट उतार फेंका था! और ठंडी-ठंडी-सी होती शामों में भुचकी से अपने रिलायंस वाले फोन पर लड़की ने अपनी रिंगटोन, वही पुरानी 'हीरो' फिलिम की बाँसुरी ट्यून को बना लिया था! लड़का कहता था, उसे ये सुनकर लड़की की याद आती थी! लड़की ने उस शाम खुद को आईने के सामने जी-भर कर देखा था! उसे अपनी गाल पर पड़े नादान पिम्पल से नफरत सी होने लगी थी! और तब से वो दोनों प्यार करने लगे थे! बिलकुल फिल्मी-फिल्मी जैसा—उतना ही बेवकूफाना, उतना ही नादान था! जानते हो गोल्डन, उस दिन उस लड़की ने खुद से एक वादा किया था वो जीवन भर ऐसी ही बेवकूफ बनी रहेगी!

आज हवा में वैसी ही सर्दी है, गोल्डन! सूरज उतना ही गुम है...दिल्ली में गंगा नहीं, जमुना बहती है! यहाँ गाँधी सेतु नहीं है, केले के खेत नहीं हैं, लड़की के हाथ में आज ईंट के जितना बड़ा स्मार्ट फोन है, आँखों के नीचे काजल नहीं, काले गड्ढे हैं...इससे भी बड़ी बात जानते हो गोल्डन, क्या है? उस लड़की के भीतर वो लड़की नहीं है, इस शहर में वो लड़का नहीं है! गोल्डन, मुझे उन दोनों की तलाश है, खोज लाओ न...प्लीज बाबू!

शोना बाबू, तुम हमेशा हमसे शिकायत करते थे कि दिल्ली आके हम तुमको बाबू-शोना-मोना-टोना वाला मैसेज भेजना कम कर दिए हैं, वो क्या कहते थे तुम बमक के हमको फोन पर—'बहुत हीरोइन बनने लगी हो,

अटीच्यूड दिखाने लगी हो आजकल!' अबे, अटीच्यूड नहीं एटीट्यूड होता है! हम कहते थे तुमसे, तुम और बमक जाते थे! आज सुनो न, मेरे शोना-मोना-टोना-बाबू-बच्चा—सुन रहे हो...आई लव यू—बहुत से भी, बहुत से भी बहुत-बहुत...बताओ न, काहे के लिए छोड़के चले गए इस बियाबान खूंखार शहर में अपनी बाबू को—बड़का अजय देवगन बनते थे न, तो बताओ न काहे नहीं काजोल बना के ले गए हमको अपने साथ! बोलो न गोल्डन, बोलो न! बस, एक बार खोज के ले आओ न उस लड़के को—जो आवारा था, मवाली था, बड़बोला था, नाकारा था—पर बस मेरा था! जिसके होने से हम थे! जिसके जाने से हर घंटे हम खोखले होते जा रहे हैं! गोल्डन, तुम मेरे हीरो हो। खोज लाओ न उस शहर को, उन सर्दियों को, उस लड़के को, उस लड़की को...

सुबह का अखबार आया है—तुम्हारी पार्टी अठाईस सीट लाई है—मैंने अखबार के टुकड़े-टुकड़े करके फेंक दिए हैं—मुझे सियासत से इतनी नफरत कभी न थी! उसकी आड़ में अक्सर नादान लव स्टोरियों का कत्ल हो जाता है—मुझे तेरे नेता से अपनी गुम हुई डेट्स का हिसाब चाहिए, जवाब चाहिए... इस बात का कि क्यूँ चला दी झाड़ू उन्होंने मेरे झल्ले से लड़के पर, क्यूँ बना दिया भगोड़ा मेरे लड़के को! इश्क का कोई लोकपाल क्यूँ नहीं होता? हम गला फाड़-फाड़ के चीखना चाहते हैं, गोल्डन। सब कुछ तोड़-फोड़ देना चाहते हैं अभी इसी वक्त—मेरे चारों तरफ बैठी लड़कियों को अभी फिलहाल साँप सूँघ गया है। किंडो बोलती है, मेरे भीतर काली माई घुस गई हैं, हरलीन मुझे सुट्टा बढ़ा रही है। मुझे कुछ भी नहीं चाहिए—ये बियर की बोतल, यह सुट्टे का पफ...सब कुछ बचकाना है साला—कुछ भी नहीं होता इनसे—मुझ पे तेरे इश्क का हैंगओवर ऐसा चढ़ा है गोल्डन, चाहे कितना नशा कर लूँ, नहीं उतरता है यार! ये सब कुछ बचकाना है मेरे इर्द-गिर्द गोल्डन—मेरा सपना, मेरा ये रिबेल-रिबेल-सा होना, ये जलेबी-जलेबी-सी लंबी बातें, मेरा यहाँ होना—मुझे कुछ भी नहीं चाहिए, शोना! मुझे 'हम' चाहिए गोल्डन, 'हमारी' कच्ची-कच्ची अंबिया-सी बकलोल सी बातें चाहिए...मुझे मेरी रातों को तबाह होती नींद चाहिए, गोल्डन। वो लोहे वाला कमरा चाहिए...इस शहर में एक बिस्तर भर की जगह चाहिए! शोना, सुन रहे हो...सुनते हो...अभी हमारे बीच मुझे लाल मिर्च-सा तीखा-तीखा झगड़ा चाहिए, तुम्हारी नमकीन-कसैली सी गालियाँ चाहिएँ...ढेर सारी बातें और तुम्हारी बेवकूफियाँ चाहिएँ—आ जाओ न गोल्डन, कहाँ हो यार! तेरे बिना ये लड़की इस शहर में आवारा हो जाएगी, गोल्डन! सुनो न, तुम प्यार में इतने समझदार कब से हो गए बे?

गोल्डन, हमको मेरा नादान-सा प्यार ला के दे दो न! सुनो न! सुनते हो न!

तेरा जाना किसी स्याह सच के जैसा क्यूँ है...मेरे कॉलेज के गार्ड को भी तुम्हारी याद आएगी गोल्डन...तुम सबको दोस्त कैसे बना लेते थे स्साले...

चले गए, मन मानने को तैयार नहीं...मेरी लाइफ का पहला परफॉर्मेंस उसी रोज क्यों होना था, जिस दिन तुम्हें चले जाना था...मुझसे दूर...मुझे छोड़कर...लाइफ में इससे गंदी बात कोई और नहीं हुई! सच कहूँ, इसके अलावा जिंदगी में कोई और बात गंदी है भी नहीं।

तुम मेरे प्यार हो, क्रिमिनल नहीं हो सकते। तुम जिसे 'मेरी दिल्ली' कहते हो, वह मेरी नहीं हो सकती! मेरी होती तो आज तुम मुझसे दूर न होते। यह शहर तुम्हें खा गया। सबके बावजूद जो तुम में मासूमियत थी जिस पर मैं आज भी मरती हूँ, उसे इस शहर ने तहस-नहस कर दिया। मैं इस शहर को माफ नहीं कर सकती...सच कह रही हूँ, तुम्हारे बताने के बावजूद मन मानने को तैयार नहीं कि तुम चले गए...

वो हॉस्टल के बाहर जब रात के अँधेरे में, स्ट्रीट लाइट की पीली रोशनी में गुम हो रहे थे न तुम उस रोज—आँखों में दिखती पनियाई चादर पर जैसे कोई फिल्म चल रही थी...

कहाँ हो तुम, बताओ न गोल्डन? बताओ न कि ये दुनिया जिसमें हम रहते हैं वहाँ सबको कुछ बन जाने की इतनी बेचैनी क्यूँ लगी पड़ी है? बताओ न गोल्डन कि मेरे इर्द-गिर्द सब इतने 'शरीफ' से, 'सच्चे' से, 'ईमानदार' से लोग क्यूँ भरे पड़े हुए हैं! मुझे सच से नफरत हो गई है अब... मुझे चरित्र और ईमानदारी का नाम सुनते ही उबकाई आने लगती है आजकल, गोल्डन! तुमने आवारगी की ऐसी लत क्यूँ लगा दी यार, कि अब बंद कमरे में दम घुटने लगता है! सब तुम्हारे जैसा मवाली क्यूँ नहीं होते!

आ जाओ न वापस कि तेरी लड़की तुझे बुलाती है, आ जाओ न वापस कि उसे तेरी बाइक के पीछे बैठकर फिर से बकनी हैं बेपरवाह गालियाँ और करनी हैं ढेर सारी इशकबाजियाँ, आ जाओ न लड़के कि तेरे संग-संग ये लड़की राजनीति के पाखंड को जी रहे इस शहर को प्यार करना सिखा देगी...ओ मेरे गोल्डन, ओ मेरे गोल्डन बॉय, मेरा दिल अब भी तेरे लिए धड़कता है...आ जाओ न कि मैं अब भी प्यार में हूँ...

तेरे इंतजार में...

तेरी बावरी लड़की
डेजी

और कहानी खो गई अँधेरे में...

रह गया शहर का फरेब...रह गईं बेचैनियाँ...

क्या करें...क्या बनें...कैसे हासिल कर लें बहुत कुछ, सब कुछ—ऐसे जाने कितने सवालों की भागती भीड़ बीच साँस लेता रहा प्यार...

कुछ जो रह जाता है...

दिल्ली; जनवरी, 2017

अनंत बेचैनी-सी है कोई...जो कालक्रम के किसी मोड़ पर मुझमें घर कर गई है; कब, ठीक-ठीक मुझे नहीं पता! ये शायद तब हुआ हो जब ब्रिटिश स्थापत्य वाले अपने बचपन के स्कूल में हम डंडों को बंदूक समझ तीसरा विश्वयुद्ध खेल रहे थे; या फिर तब जब रांची से पटना की रात वाली उस बस में बैठा मैं खिड़की से ताकते हुए गिरिजा देवी को सुन रहा था। ये बेचैनी ही है जिसने मुझसे लिखवाया है। पर अभी दिन के साढ़े बारह बजे, उत्तरी दिल्ली के कंक्रीट जंगल में धँसे अपने कमरे की खिड़की से छनकर आ रही धूप ताकते हुए, जब सोच रहा हूँ तो लग रहा है कि ये बेचैनी मेरी निजता को लाँघकर, जाने कब से कई लोगों का साझा सर-दर्द बन चुकी है। फिर चाहे वो मेरे चट्टान से माँ-बाप-बहन हों जिन्होंने इस उपन्यास के लिखने के दौरान और उससे पहले के कई-कई बेचैन घंटे बिना माथे पर शिकन लाए मेरे संग बिताए, या फिर चित्रांशी नाम की वो लड़की हो—जिसने आज से दो साल पहले, इन्हीं सर्दियों की एक सुबह मेरी लिखी उस चिट्ठी का जवाब मेल में भेजकर इस किताब को मुकम्मल करने की वजह दी या फिर दुनियादारी और साहित्यिक बेचैनियों के बीच हर बार पुल बनाते-बिखेरते, रात ग्यारह बजे किए गए मेरे बदतमीज़ फ़ोन कॉल पर मुझे मिलान कुंदेरा समझाते मेरे संपादक सत्यानन्द निरुपम हों—ये सब लोग मेरी इस बेचैनी के बराबर के साझेदार ही तो हैं। इनको शुक्रिया कहने की जरूरत नहीं; क्योंकि ये सब इस किताब की प्रक्रिया के अभिन्न अंग थे। इस किताब पर मेरा लेखकीय अधिकार तो है; लेकिन इसकी आत्मा में ये सब बसते हैं।

शुक्रिया अनु सिंह चौधरी, नीलेश मिसरा और 'याद शहर' मंडली के मेरे सारे लेखक मित्र—आप सबने मुझे 'यूँ ही लिख देने' और 'लिखने' के बीच

का फर्क समझाया। 2013–14 की गर्मियाँ न होतीं, मैं बेचैन-बेरोजगार-गुस्सैल न होता, और आपके साथ लिख न रहा होता तो आज यह किताब न होती...बहुत शुक्रिया...

इन सब से दूर, दिल्ली विश्वविद्यालय, नार्थ कैंपस की अपनी एक दुनिया है। जहाँ की रातें लंबी होती हैं, जहाँ सुबहें देर से होतीं हैं, जहाँ यार एयरटेल के ऐड के जैसे मीठे नहीं, खारे-नमकीन-कसैले-से होते हैं—ये वो दुनिया है जहाँ गिरते-फिसलते-रोते-टूटते मैं बार-बार बना हूँ। इन्हीं गलियों में रोहित, अंकित, अमन, शिव, अभिलाष जैसे अति गैर साहित्यिक चेहरे थे, चेहरे जो गुमनाम होकर भी मेरे लिए खास हैं, क्योंकि असीम उलझन में इनकी अंतहीन बतकही ने मुझे बार-बार अँधेरे से बाहर निकाला है। मुझे तुम सब पर पूरा भरोसा है कि सदा की तरह इस किताब को भी तुमलोग भरपूर 'रेसपेक्ट' देते हुए इग्नोर कर दोगे, लेकिन फिर भी शुक्रिया...मुझे सुन लेने के लिए!

बहुत सारे नाम हैं, बहुत सारे चेहरे हैं, बहुत सारे लम्हें हैं जिनका शुक्रगुजार हूँ मैं, लेकिन भावनाएँ जब उदात्त होती हैं तो शब्द कमजोर हो जाते हैं। नेतरहाट-डीपीएस (आरकेपी) किरोड़ीमल-डी स्कूल के एक-एक दोस्त के लिए—जिन्होंने संघर्ष के इस दौर में भी मुझे याद रखा और वे जो किसी कारण से भूल गए या वे जिनको मैं अब याद नहीं—शुक्रिया...

राजकमल प्रकाशन समूह के प्रबंध निदेशक अशोक माहेश्वरी जी, अलिंद-आमोद, सुमन-सुमेर—आप सबको धन्यवाद; इस 'गंदी बात' पर भरोसा जताने और लेखन-प्रक्रिया के दौरान दफ्तर आने पर बार-बार दिल्ली-6 के लज़ीज़ समोसे-चाट के लिए। धन्यवाद विक्रम नायक और राकेश जी को भी, जिनके बगैर किताब ऐसी न होती।

आखिर में, पुष्पेंद्र मामू, शुक्रिया तुम्हारा। ये किताब मुझसे होकर आई है, पर हमेशा की तरह हमारी है। इस उम्मीद में कि 'गंदी बात' पढ़ते हुए, कहीं किसी एक बार, किसी एक पन्ने पर आप खुद से रू-ब-रू हो लें!

क्षितिज रॉय